# La poésie

Jean-Louis Joubert

# La poésie

Formes et fonctions

*4e tirage*

ARMAND COLIN

Cet ouvrage reprend, sous une forme corrigée et refondue, une première version parue en 1977, aux éditions Armand Colin et Gallimard, dans la collection *Folio Formes*.



ISBN : 2-200-33022-7

***Armand Colin Éditeur, 103, boulevard Saint-Michel - 75240 Paris Cedex 05***

# *« Et le Poète aussi est avec nous »*

D'après un très ancien mythe grec, Orphée, poète et musicien, tenait sous le pouvoir charmeur de sa voix les hommes, les animaux (même les plus féroces), les plantes et jusqu'aux pierres. À la mort de sa femme, Eurydice, mordue par un serpent, il descendit aux Enfers pour la réclamer : en chantant et jouant de la cithare, il sut séduire les dieux de la mort et il obtint de reconduire vers le jour sa jeune épouse... à condition de marcher devant elle, sans la regarder ni lui adresser la parole. Hélas ! Orphée, en cours de route, se retourna... et perdit définitivement Eurydice.

Le mythe prend sens aisément, si on accepte, avec toute la tradition, de considérer Orphée comme le premier des poètes. Ses pouvoirs magiques symbolisent les pouvoirs que la poésie donne sur les hommes et les choses. La poésie et l'amour sont les deux seules forces capables de vaincre la mort ; mais cette victoire reste fragile, et menacée par l'impatience même du désir. Comme Orphée se risquant au-delà des frontières de la mort, le poète est l'homme qui transgresse les interdits et ose regarder l'invisible en face. La descente aux Enfers figure l'aventure mentale, la quête initiatique que poursuit le poète dans sa descente au fond du langage.

Orphée revit en chaque poète. Et tout poème tient sa puissance de séduction des pouvoirs du héros qui séduisit les dieux mêmes. De tels pouvoirs s'enveloppent nécessairement de quelque obscurité (ce n'est sans doute pas sans raison que le mythe prête aussi à Orphée l'origine de certains cultes à mystères). On croit donc volontiers que la force du poème va s'augmenter du mystère où on le drape. Les poètes aiment dissimuler leur activité aux yeux profanes. Ils en font un domaine réservé, que l'hermétisme doit protéger des curiosités d'une vaine critique. Mallarmé, dans un texte de jeunesse *(Hérésies artistiques. L'art pour tous),* a réclamé une telle occultation de la poésie : *« Toute chose sacrée et qui veut demeurer sacrée s'enveloppe de mystère. Les religions se retranchent à l'abri d'arcanes dévoilés au seul prédestiné : l'art a les siens. »* Il souhaite donc, pour la poésie, *« une langue immaculée, — des formules hiératiques dont l'étude aride aveugle le profane (...) ».*

Ces revendications dédaigneuses sont devenues l'une de ces idées reçues que l'on respire avec l'air du temps. On croit et l'on fait croire qu'il est interdit de dissiper le mystère de la poésie. Car un mystère ne s'explique pas. La poésie doit s'admirer de loin, comme une idole inconnaissable. On ne peut l'approcher que par l'intuition : tenter de démêler son fonctionnement serait la détruire à jamais ; il suffit de « sentir ». Voilà le grand mot lâché contre tous ceux qui ne se satisfont pas d'une attitude d'adoration : « vous oubliez que la poésie est d'abord affaire de sentiment » (*« La poésie est la musique de l'âme »,* disait Voltaire).

Ces conceptions religieuses de la poésie tiennent en suspicion le discours critique. Le silence contemplatif vaudrait mieux qu'une rigoureuse analyse de texte, qui risquerait de détruire irrévocablement toute ferveur poétique. À la rigueur, on accepte la glose mystique ou la transe verbale, qui tentent de recréer la fascination exercée par la parole poétique.

Il est une autre façon d'interdire l'accès à la poésie : c'est de la noyer dans un océan de mots. Ce sont ces *« causeries »* infinies, dénoncées par Roman Jakobson dans ses *Questions de poétique,* qui mélangent au *« flot lyrique de paroles sur le raffinement de la forme »* les innombrables *« anecdotes puisées dans la vie de l'artiste ».* Elles font passer totalement à côté de la réalité fondamentale du phénomène poétique. Plus on multiplie les dissertations erratiques sur la poésie, plus on la rend obscure et fuyante. Car se donner le droit de dire tout et n'importe quoi, c'est ne pouvoir rien dire.

En commençant un ouvrage d'initiation à la lecture de la poésie, on doit donc se sentir découragé par l'incertitude, voire l'impossibilité de la tâche. *« Ni l'objet propre de la poésie, ni les méthodes pour le joindre n'étant élucidées, ceux qui les connaissent s'en taisant, ceux qui les ignorent en dissertant, toute netteté sur ces questions demeure individuelle, la plus grande contrariété dans les opinions est permise, et il y a pour chacune d'elles, d'illustres exemples et des expériences difficiles à contester »* (Paul Valéry, *Variété*). Il faudrait donc renoncer à définir l'activité poétique avec précision et vérité. Ce qui semble absurde : puisque la poésie existe (personne ne le nie), il doit être possible de dire ce qu'elle est. Même si les obstacles sont réels : tabou du mystère, imprécision (Valéry remarque que *« certains se font de la poésie une idée si vague qu'ils prennent ce vague pour l'idée même de la poésie »*), foisonnement des opinions contradictoires...

Ces contradictions éclatent si, par exemple, on consulte les dictionnaires à l'article « poésie ». Reportons-nous à deux des plus célèbres. Le *Grand Dictionnaire Universel...* de Pierre Larousse donne : « Poésie : *art de composer des ouvrages en vers* » ; et quelques lignes plus loin : *« manière particulière de faire les vers ».* Ainsi, la poésie est l'art de faire des vers, mais tous les vers ne sont pas poétiques. Quant au *Dictionnaire de la langue française* d'Émile Littré, il superpose ces définitions : « Poésie : *art de faire des ouvrages en vers* » et *« qualités qui caractérisent les bons vers, et qui peuvent se trouver ailleurs que dans les vers ».* La poésie est encore liée au vers, mais on la rencontrera aussi ailleurs que dans le vers. En fait, ces contradictions reposent sur la juxtaposition de deux valeurs du mot

« poésie » : la poésie comme art du langage et la poésie comme catégorie esthétique. Dans l'ouvrage que l'on va lire, il sera question de la poésie art du langage, organisation de mots. On laissera de côté les problèmes plus proprement esthétiques du « poétique », cette « poésie » que l'on attribue à un paysage (la poésie des ruines !), à un regard, à une musique...

La diversité contradictoire des conceptions et définitions de la poésie tient aussi à l'universalité du phénomène poétique. Il n'existe pas de peuple sans poésie (sans utilisation particulière du langage correspondant à ce que nous appelons « poésie »). L'extrême variété des formes et des fonctions rend difficile une définition unifiante. Quelle serait celle qui conviendrait aussi bien à Boileau qu'à Mallarmé, à la récitation traditionnelle d'une épopée africaine qu'à la confection d'un poème-tract militant, au surréaliste écrivant sous la dictée « automatique » qu'à Virgile composant le poème didactique des *Géorgiques* ?

Dans une même culture, la conception de la poésie varie en fonction de l'évolution historique et sociale. Ainsi T. Todorov distingue-t-il trois grandes familles de théories de la poésie dans la tradition occidentale. Le classicisme développe une conception rhétorique de la poésie, assimilée à un ornement qui s'ajoute à l'organisation du discours de prose pour apporter un supplément de plaisir : la poésie ne dit rien d'autre que le langage ordinaire, mais elle le dit avec un agrément supérieur. Pour un second courant, la poésie inverse les propriétés rationnelles du langage, en faisant passer les sentiments à travers les mots : elle cherche à communiquer ce que le langage conceptuel ne saurait traduire. Enfin, une troisième théorie (sans doute la plus répandue aujourd'hui), qui trouve son origine dans le Romantisme, met l'accent sur la signification plus que sur le sens, sur le jeu du langage plus que sur ce qu'il dit : le langage poétique, loin de la transparence du langage de communication, attire l'attention sur lui-même plus que sur le sens qu'il peut porter.

Ce sont toutes ces problématiques que le présent ouvrage souhaite mettre en perspective. Avec comme ambition de dissiper le flou qui entoure la poésie et les poètes. En aidant à comprendre le phénomène poétique, on espère donner le moyen de lire les poèmes activement et personnellement.

Nécessairement datée, la réflexion que l'on va lire tente de cerner l'idée que l'on peut se faire de la poésie vers la fin du XX^e^ siècle. Certains thèmes seront réinterprétés à la lumière d'aujourd'hui ; d'autres, sortis de notre horizon culturel, seront laissés dans l'ombre.

Après trois chapitres organisés autour de thèmes très classiques de la théorie poétique : la fonction du poète, l'inspiration et le travail, l'opposition de la prose et de la poésie, on développera une réflexion sur le langage poétique et la versification, puis l'on montrera sur des exemples ce que peut être la lecture de la poésie.

Les poètes eux-mêmes ont dès longtemps médité sur leur pratique de la poésie. On leur laissera la parole le plus souvent possible.

# ARTS POÉTIQUES

*Telle est l'instance extrême où le Poète a témoigné.*

*Et en ce point extrême de l'attente, que nul ne songe à regagner les chambres.*

*« Enchantement du jour à sa naissance... Le vin nouveau n'est pas plus vrai, le lin nouveau n'est pas plus frais...*

*Quel est ce goût d'airelle, sur ma lèvre d'étranger, qui m'est chose nouvelle et m'est chose étrangère ?...*

*À moins qu'il ne se hâte, en perdra trace mon poème... Et vous aviez si peu de temps pour naître à cet instant... »*

*(Ainsi quand l'Officiant s'avance pour les cérémonies de l'aube, guidé de marche en marche et assisté de toutes parts contre le doute — la tête glabre et les mains nues, et jusqu'à l'ongle, sans défaut — c'est un très prompt message qu'émet aux premiers feux du jour la feuille aromatique de son être.)*

*Et le Poète aussi est avec nous, sur la chaussée des hommes de son temps.*

*Allant le train de notre temps, allant le train de ce grand vent.*

*Son occupation parmi nous : mise en clair des messages. Et la réponse en lui donnée par illumination du cœur.*

*Non point l'écrit, mais la chose même. Prise en son vif et dans son tout.*

*Conservation non des copies, mais des originaux. Et l'écriture du poète suit le procès-verbal.*

*(Et ne l'ai-je pas dit ? les écritures aussi évolueront. — Lieu du propos : toutes grèves de ce monde.)*

Saint-John Perse, *Vents* (1946),
Gallimard, édit.

*Les mots que j'emploie,*

*Ce sont les mots de tous les jours, et ce ne sont point les mêmes !*

*Vous ne trouverez point de rimes dans mes vers ni aucun sortilège. Ce sont vos phrases mêmes. Pas aucune de vos phrases que je ne sache reprendre !*

*Ces fleurs sont vos fleurs et vous dites que vous ne les reconnaissez pas.*

*Et ces pieds sont vos pieds, mais voici que je marche sur la mer et que je foule les eaux de la mer en triomphe !*

Paul Claudel, *Cinq Grandes Odes* (1910),
Gallimard, édit.

*La poésie se fait dans un lit comme l'amour*
*Ses draps défaits sont l'aurore des choses*
*La poésie se fait dans les bois*

Elle a l'espace qu'il lui faut
*Pas celui-ci mais l'autre que conditionnent*

*L'œil du milan*
*La rosée sur une prèle*
*Le souvenir d'une bouteille de Traminer embuée*
*sur un plateau d'argent*
*Une haute verge de tourmaline sur la mer*
*Et la route de l'aventure mentale*
*Qui monte à pic*
*Une halte elle s'embroussaille aussitôt*
(...)
*L'étreinte poétique comme l'étreinte de chair*
*Tant qu'elle dure*
*Défend toute échappée sur la misère du monde*

André Breton, *Sur la route de San Romano* (1948), Gallimard, édit.

*Bien placés bien choisis*
*quelques mots font une poésie*
*les mots il suffit qu'on les aime*
*pour écrire un poème*
*on sait pas toujours ce qu'on dit*
*lorsque naît la poésie*
*faut ensuite rechercher le thème*
*pour intituler le poème*
*mais d'autres fois on pleure on rit*
*en écrivant la poésie*
*ça a toujours kékchose d'extrême*
*un poème*

Raymond Queneau, « Pour un art poétique », *L'Instant fatal* (1948), Gallimard, édit.

*J'ai demandé la poésie au téléphone*
*Il n'y a pas d'abonné au numéro que vous demandez*
*J'ai demandé la poésie à l'éclat des armes*
*Inconnue au régiment*
*J'ai demandé la poésie au fond d'un verre*
*Et la soif ne m'est point passée*
*J'ai demandé la poésie à toutes les portes*
*On m'a dit Madame est sortie*
*[...]*
*J'ai demandé la poésie au carrefour*
*Il paraît qu'elle était occupée*
*Occupée à quoi nul ne me l'a dit*
*Je suis le pauvre qui mendie*
*Par charité mes bons Messieurs la poésie.*

Aragon, *Les Poètes* (1969), Gallimard, édit.

# 1 *Fonctions du poète*

Les poètes ont mauvaise réputation. Toujours et partout, de Platon aux sociétés négro-africaines, ils ont suscité la méfiance. Le philosophe grec voulait les bannir de la cité idéale, les griots soudanais, ces poètes et musiciens professionnels de l'Afrique de l'Ouest, constituent une caste à la fois privilégiée et méprisée. Le débat sur l'utilité des poètes et de la poésie a fourni une mine inépuisable de sujets de dissertation française pour des générations de lycéens : Malherbe ou Gautier, Vigny ou Hugo ont tour à tour été appelés à témoigner de la frivolité des poètes ou de leur mission civilisatrice.

Sont-ils dangereux ou inutiles ? Les deux griefs se recouvrent, le second tendant à masquer le premier. On disqualifie l'activité poétique pour futilité : c'est une façon d'occulter sa puissance efficace. D'où ces images dévaluées et péjoratives : cigale chanteuse, pierrot lunaire, le poète est écarté de la sphère sociale. S'il se laisse entraîner sur la pente de la rêverie, on l'accuse d'extravagance ou de folie : son délire le rend insociable. Qu'il se contente de chanter, on lui reproche cette activité gratuite : sacrifiant au plaisir de l'instant, il se condamne au parasitisme social.

## INUTILITÉ DE LA POÉSIE

On a souvent tenté de renverser la critique : c'est le propre et la grandeur du poète de se détourner de l'utilité immédiate, de répugner à donner des leçons de morale, de refuser l'engagement social. Tel est le point de vue, au XIX^e^ siècle, de Théophile Gautier ou de certains Parnassiens, et plus généralement de tous les théoriciens de l'art pour l'art. Principe fondamental de la doctrine : l'œuvre d'art doit se suffire à elle-même ; elle doit rester indépendante de toute cause et de toute intention morale, politique ou sociale. Il faut que la poésie et les poètes ne servent à rien, sinon à créer de la beauté. Or, « *rien de ce qui est beau n'est indispensable à la vie. On supprimerait les fleurs, le monde n'en souffrirait pas matériellement; qui voudrait cependant qu'il n'y eût plus de fleurs ?* [...] *Il n'y a de vraiment beau que ce qui ne peut servir à rien; tout ce qui est utile est laid, car c'est l'expression de quelque besoin, et ceux de l'homme sont ignobles et dégoûtants, comme sa pauvre et infirme nature* » (T. Gautier, Préface de *Mademoiselle de Maupin,* 1835). Le poète, technicien de la beauté, recherche la perfection d'une forme difficile, vaincue par son travail d'artisan des mots. En négligeant les contingences historiques, il atteint à l'immortalité, que seule procure l'œuvre d'art. « *Tout passe. — L'art robuste/Seul a l'éternité.* [...] *Les dieux eux-mêmes meurent./Mais les vers souverains/Demeurent/Plus forts que les airains* » (T. Gautier, *L'art, Émaux et camées*).

La doctrine de l'art pour l'art est devenue, au milieu du XIX^e^ siècle, une religion de l'art, refuge pour ceux qui désespéraient d'incarner leurs valeurs dans l'histoire ou que les révolutions successives avaient écartés des bénéfices du pouvoir. Théophile Gautier se considérait comme *« une victime des révolutions »* ; celle de 1830 avait ruiné sa famille et dès lors il lui avait fallu travailler pour gagner sa vie au lieu de la consacrer au loisir ; la poésie était le seul remède à son pessimisme désenchanté : *« L'art est ce qui console le mieux de vivre. »*

## UNE MUTATION RÉCENTE

Le projet de séparer la poésie (l'art en général) de la vie sociale reste illusoire, et proprement impensable : comme si l'art n'était pas un phénomène social ! D'où le discrédit général où sont tombées les théories de l'art pour l'art. Elles témoignent cependant, pour le monde occidental, d'une prise de conscience et d'une mutation des fonctions de la poésie (et de l'art en général). La peinture et la poésie connaissent à cet égard une évolution analogue, au XIX^e^ siècle. Un même fossé s'est peu à peu creusé, jusqu'à devenir un gouffre à l'époque contemporaine, entre les créateurs et le public potentiel. L'exemple de la peinture est sans doute le plus net : jusqu'au siècle dernier, sa fonction la plus évidente était, tout simplement, de représenter le monde, en conformité avec la théorie de la *mimesis* (le mot signifie en grec « imitation »), inspirée d'Aristote. La peinture semblait se contenter de procurer les images les plus ressemblantes de la réalité, non pas seulement pour le plaisir d'imiter, mais dans une intention documentaire. Certains genres spécifiques le montrent clairement : portraits et miniatures conservaient la figure des personnes chères ; le paysage s'est développé en liaison avec certaines formes de documentation, qui acquirent ensuite une existence autonome : cartographie, dessin d'architecture, vue de sites urbains ou naturels, etc. (au XVIII^e^ siècle encore, Joseph Vernet peint ses célèbres vues des ports de France pour les besoins documentaires du service des Bâtiments royaux). L'invention de la photographie vient retirer à la peinture son principal rôle utilitaire. Les peintres du XIX^e^ siècle abandonnent peu à peu la référence à des réalités extérieures au tableau. En remettant en question la tradition millénaire de la représentation picturale, ils font de la peinture le seul sujet de la peinture : les impressionnistes décomposent la lumière ; les cubistes déconstruisent l'espace ; les abstraits ne représentent rien d'autre que l'acte même de peindre.

Le destin de la poésie est parallèle, bien que moins immédiatement lisible. À partir de l'époque romantique, elle cesse peu à peu de chercher son but ailleurs qu'en elle-même ; elle récuse tout ce qui rappellerait une fonction utilitaire, jusqu'à devenir « poésie pure » : *« La poésie, pour peu qu'on veuille descendre en soi-même, interroger son âme, rappeler ses souvenirs d'enthousiasme, n'a pas d'autre but qu'elle-même ; elle ne peut pas en avoir d'autre, et aucun poème ne sera si grand, si noble, si véritablement digne du nom de poème, que celui qui aura été écrit uniquement pour le plaisir d'écrire un poème. [...] La poésie ne peut pas, sous peine de mort ou de défaillance, s'assimiler à la science ou à la morale ; elle n'a pas la Vérité pour objet, elle n'a qu'elle-même* » (Baudelaire, *Notes nouvelles sur Edgar Poe,* 1857). « *Toute poésie s'oriente vers quelque* poésie absolue », c'est-à-dire « *une limite située à l'infini, un idéal de la puissance de beauté du langage* » (Paul Valéry, Conférence sur *Stéphane Mallarmé,* 1933, dans *Variété*). La poésie n'a plus d'autre visée que celle de constituer un langage poétique. Cette formule apparemment tautologique recouvre le leitmotiv de Valéry commentateur de Mallarmé : « *Il avait compris de fort bonne heure que le Fait poétique n'est autre que le langage même, et se confond avec lui...* [...] *[il] a rêvé d'une poésie qui fût comme déduite de l'ensemble des propriétés et des caractères du langage* » (article de 1936, repris dans *Variété*). Les théories de l'art pour l'art apparaissent en France au moment où la poésie amorce cette mutation capitale et devient de plus en plus la poésie. C'est ce qui explique la filiation, souvent mal comprise, qui unit Baudelaire à Gautier.

## LA POÉSIE ET LA MÉMOIRE

Cette évolution moderne risque de faire oublier certains traits originels, qui subsistent encore, plus ou moins manifestes, dans la poésie d'aujourd'hui. En effet, tout se passe comme si la poésie avait d'abord été un outil : une technique de conservation de ce qui devait échapper aux défaillances de la mémoire. Les paroles s'envolent... Quand l'écriture n'existe pas, on a recours à la poésie pour fixer et pérenniser ce que disent ou pensent les hommes. La poésie est une mnémotechnique, « *la mémoire des peuples sans écriture* » (G. Jean). Étant un langage-mémoire, elle suscite une forme qui protège, conserve, transmet. Le vers, soutenu par la régularité du rythme, par le retour de la rime, par les allitérations et autres jeux sur les sonorités, par les parallélismes, a pour fonction d'aider le travail de la mémoire. C'est comme à notre insu que les proverbes ou les vers maximes de Corneille ou Victor Hugo se gravent en notre esprit. Il est arrivé que des sociétés connaissant déjà l'écriture aient préféré confier à la mémoire poétique et à la transmission orale leurs textes les plus précieux. César remarquait que les druides gaulois ne communiquaient rien à l'écrit et confiaient à la mémoire des clercs le dépôt de leurs textes sacrés. Dans l'intention de les soustraire à toute atteinte de la critique profane, comme on l'a prétendu ? Sans doute. Mais surtout parce que, contrairement au préjugé moderne, l'oralité conserve aussi bien, parfois mieux que l'écriture. « *L'encre du scribe est sans mémoire* » (Léopold S. Senghor). L'écriture fixe et fige : quand elle restitue des textes plusieurs fois millénaires, ils sont morts et momifiés ; la lettre est restée, l'esprit s'est perdu. L'oralité garde la parole vivante : parole-phénix, réactualisée, revivifiée à chaque interprétation des textes qui se perpétuent. La lettre est négligée, l'esprit sauvegardé.

Marcel Jousse, étudiant conjointement les traces de l'oralité dans les textes bibliques et ce qu'il appelait « *le style oral rythmique et mnémotechnique des verbo-moteurs* » africains, a montré (par exemple dans son

*Anthropologie du geste*) que les textes oraux nécessitaient une structure particulière, apte à favoriser la mémorisation des récitants et à éveiller l'attention du public pour lequel ils sont dits. Cette trame textuelle où s'accroche la mémoire se fonde sur des schèmes corporels sous-jacents au langage. La composition orale se calque sur les rythmes du corps ; la scansion épouse la respiration. Des procédés simples, où le gestuel et le linguistique se superposent — séries de balancements et de contre-balancements, de répétitions et d'antithèses, de symétries et d'inversions, de parallélismes et d'assonances, etc. —, facilitent le travail de mémorisation et assurent la connivence de l'auditoire, en même temps qu'ils permettent la création par le jeu des variations à l'infini. Cette inscription de la poésie dans les gestes et le corps perdure même lorsqu'on s'éloigne de l'oralité. C'est elle qui fonde le rythme, par quoi la poésie se distingue d'autres formes de langage.

## UTILITÉS DE LA POÉSIE

La texture même du langage poétique le destine à faire durer la parole. C'est ce qui autorise G. Mounin à affirmer que la poésie avait à l'origine une fonction essentiellement utilitaire : *« Ce que nous appelons poésie n'est pas né comme plaisir, mais comme outil. Toute l'histoire ultérieure de la poésie sera l'histoire des changements d'usage et de destination de cet outil » (Poésie et Société).* Si le principal usage de l'outil poétique est lié à ses propriétés mnémotechniques, certaines sociétés ont pu lui attribuer des utilisations curieuses. Ainsi l'ancienne tradition malgache du *hain-teny*, forme de poésie dialoguée qui sert à régler les querelles par le recours au combat des mots. Jean Paulhan, qui a recueilli et traduit les *hain-tenys* vers 1910, raconte : *« Deux Malgaches, autour desquels les assistants sont assis en cercle, se font face. L'un d'eux prend la parole et prononce quelques vers, dont il marque fortement le rythme. L'autre répond sur le même ton brusque et tranchant, ou bien ironique. Le premier riposte. À mesure que la dispute avance, les répliques deviennent plus longues, plus fortement scandées. Les assistants marquent parfois, d'un commun accord, leur approbation, leurs réserves ; ou bien il se forme parmi eux deux partis : chaque récitant a ses partisans, qui l'encouragent de leurs acclamations et de leurs rires. Les combattants enfin se crient leurs réponses : et l'un d'eux, brusquement, trouve sans doute les mots décisifs, car l'autre hésite, ne répond plus rien, s'avoue vaincu.*

*« Ces disputes donnent, par leur violence et par l'acharnement des récitants, le sentiment, plutôt que d'un débat poétique, d'une querelle d'intérêts assez âpre où chaque réplique serait un nouvel argument. Il arrive que ce sentiment soit fondé et que le débat poétique ait son utilité précise : l'on reçut un soir, dans une maison d'Ambatomanga où je demeurais, un couvreur de toits. Cet ouvrier venait de terminer un travail pour lequel il réclamait une demi-piastre au maître de la maison. Les deux hommes ne purent tomber d'accord sur le prix et, le soir, discutèrent en poèmes. Le*

*couvreur, battu, dut céder. Ainsi dispute un propriétaire avec son voisin sur la limite d'un champ ; un malade avec le guérisseur qui l'a mal soigné. Mais il arrive le plus souvent que les duels poétiques se fassent par simple jeu. Les enfants en gardant les troupeaux, les hommes et les femmes au cours des veillées feignent volontiers quelque querelle imaginaire, d'où s'élèvent de longs débats.* »

Jean Paulhan, *Les Hain-tenys,* (1938),
Gallimard, édit. rééd. 1960.

Ainsi, dans le hain-teny, jeu et sérieux se rencontrent et échangent leurs rôles : pour traiter d'affaires importantes, la poésie se fait jeu, comme elle affecte le sérieux d'une querelle pour de simples divertissements. Alliance des contraires et métamorphose que rendent manifestes bien d'autres pratiques de la poésie. La poésie moderne, particulièrement dans le domaine occidental, tend à masquer son origine utilitaire : ne serait-ce qu'en abandonnant certains procédés de mnémotechnique, comme la versification. Mais l'oubli n'est jamais total. Georges Jean a montré que l'on peut retrouver les traces bien visibles des usages archaïques de la poésie, dans l'ordre du mythe, de la magie, de la religion, de la morale, de l'histoire ou de la science.

## POÉSIE ET HISTOIRE

Si la poésie a été inventée comme technique pour conserver et transmettre, elle a pu apparaître, à l'origine, comme la mémoire des hommes. Conservatoire du passé, elle se fait, dans ses formes primitives, généalogie, chronique, épopée. Dans la tradition occidentale, l'épopée apparaît comme un genre primordial et archaïque : l'*Iliade* et l'*Odyssée* semblent fonder toute la poésie gréco-latine. Mais l'épopée ne se contente pas de préserver le souvenir d'un passé mort et embaumé, elle exerce une fonction socio-politique qui a souvent échappé aux commentateurs : elle situe le présent par rapport au passé et réorganise le passé en fonction du présent ; elle intervient donc activement dans les processus d'affirmation du pouvoir. C'est ainsi que le griot, récitant une des grandes épopées dynastiques africaines à l'occasion de l'intronisation d'un nouveau roi, légitime le pouvoir du nouveau monarque en le rattachant à la lignée de ses prédécesseurs. Dans le Mali actuel, on raconte toujours une de ces grandes épopées, la geste de Soundiata (fondateur de l'empire du Mali au XIII$^{e}$ siècle). Or on a pu constater que les récitations épiques évoluaient avec les changements politiques : en fonction de la personnalité des détenteurs du pouvoir, l'accent est mis sur tel épisode ou sur tel personnage. L'épopée continue donc de vivifier le présent, du moins d'en fournir une grille d'interprétation.

Étiemble a d'ailleurs fait remarquer (dans ses *Essais de littérature (vraiment) générale*) que l'épopée semblait appartenir en propre à certains types d'organisation sociale : si elle est inconnue de l'Égypte pharaonique et de la Chine ancienne, elle est en revanche comme consubstantielle aux sociétés indo-européennes, qui ont en commun un même principe ternaire de structuration (mis en évidence par Georges Dumézil, *Mythe et Épopée*) : à la trinité des dieux (Mars, Jupiter, Quirinus) correspond un schéma tripartite des fonctions sociales (le guerrier, le prêtre, l'agriculteur) ; plus généralement, l'épopée se retrouve au Tibet, au Japon, au Rwanda, partout où les guerriers et les prêtres, constitués en castes privilégiées, se partagent ou se disputent le pouvoir.

En Europe, l'épopée s'exténue à partir de la diffusion massive de l'écriture (répandue par l'imprimerie). L'écriture conserve mieux le passé que la poésie, peu à peu évacuée des genres dévolus aux tâches historiques. Dès le XVII^e siècle, l'épopée se meurt dans la littérature française. *Les Tragiques* (1577-1616) d'Agrippa d'Aubigné en sont peut-être le dernier exemple. L'ambition des poètes français (vaine le plus souvent) sera, pendant deux siècles, de réanimer le genre épique. Une épopée écrite est-elle possible ? Oui, mais en abandonnant la forme contraignante de la poésie : « *L'équivalent moderne de l'*Iliade, *ce n'est pas une épopée en vers, mais un roman :* Guerre et Paix » (Roger Caillois). Le roman traditionnel du XIX^e siècle (Balzac, Stendhal, Zola ...) constitue bien une réflexion sur la légitimité du présent et son rapport au passé. Il a été relayé dans cette fonction, à l'époque contemporaine, par le cinéma : le western fait s'interroger un peuple neuf sur son passé proche ; les films d'Eisenstein ou de Dovjenko participent à l'affermissement de la jeune révolution soviétique.

## POÉSIE ET MYTHE

Mythe et poésie semblent présenter des affinités plus constantes. Toutes les collectivités humaines recourent à des mythes, c'est-à-dire, au sens propre, à des récits fabuleux, histoires de dieux ou de héros légendaires, qui sont tenus pour vrais par les sociétés qui se les racontent, bien que leur caractère de fiction éclate aux yeux de tous. Paradoxe du mythe : qu'il relate les aventures de Zeus ou de Don Juan, il est une histoire inventée et pourtant il dit une vérité, reconnue comme telle, sur laquelle se fonde l'ordre d'une culture. Le mythe n'exige pas d'être produit par une forme poétique, puisqu'il semble se définir d'abord comme récit. Mais, dès l'origine, la formalisation poétique lui a prêté sa puissance de nomination, sa richesse d'organisation et surtout son autorité. Rythme devenant rite, image s'épanouissant en symbole, la parole poétique magnifie le récit mythique et lui confère sa véracité transcendante. Les récits de la création du monde dans la *Genèse* biblique aussi bien que les mythes cosmogoniques des Pygmées s'imposent par la force du langage poétique. Les mythes des sociétés modernes sont peut-être moins aisément repérables (dans la mesure où nous avons foi en leur valeur, nous ne les reconnaissons pas comme mythes). Mais il suffit de porter attention à la parole des poètes pour discerner leur résurgence et leur métamorphose. L'imagination de Victor Hugo retrouve tout naturellement la fonction mythologique de la poésie : il donne dans *La Fin de Satan,* ce vaste poème inachevé, écrit en 1854, puis en 1859-1860, paru seulement en 1886 après sa mort, l'expression la plus accomplie de l'utopie romantique ; le mythe y déploie ses significations sur les multiples plans de la métaphysique, de la philosophie de l'Histoire, de la réflexion politique et sociale. Satan, l'archange déchu, régénéré par l'amour de l'ange Liberté, devient le symbole d'une révolte nécessaire, moment dialectique et moteur du progrès. Quand le maudit réintègre la perfection divine, il assure le triomphe de la Révolution dans la réconciliation universelle. Ce mythe du progrès sous-tend toute l'œuvre de Hugo, comme il commande les rêves des républicains de 1848, comme il anime les projets des révolutionnaires, comme il gouverne les plans des économistes, comme il continue (pour combien de temps ?) d'ordonner notre vision du monde et nos conduites. Bien d'autres mythes ont été élaborés ou diffusés par les poètes, et l'histoire récente en a souvent vérifié l'efficacité. Mythe de la liberté imaginée, rêvée, ressuscitée, quand la liberté physique n'existe plus : il anime l'œuvre des poètes résistants, Paul Éluard, Pablo Neruda, Nazim Hikmet... et beaucoup d'autres. Mythe de la Négritude, redécouverte et exaltation des valeurs négro-africaines : exemple parfait d'un mythe qui « a réussi », car la poésie d'Aimé Césaire et Léopold Senghor a été reçue par les jeunes lecteurs antillais ou africains comme un appel à la reconquête de leur identité volée.

## POÉSIE ET MAGIE

Dans la magie, le langage dépasse un rôle seulement utilitaire : il manifeste sa puissance. Parler, nommer, c'est exercer un pouvoir sur les êtres et les choses ; tabous linguistiques et euphémismes tentent d'écarter les dangers latents du langage : dans certaines sociétés traditionnelles, le nom véritable des individus doit demeurer secret et celui dont le nom a été divulgué risque la mort. Par la rigidité de ses contraintes mnémotechniques, la poésie est particulièrement apte à conserver l'intégrité des formules magiques, dont aucune syllabe ne saurait être modifiée. Les poètes se plaisent à souligner la filiation de la magie et de la poésie. Baudelaire définit son art poétique comme une *« sorcellerie évocatoire »* et Valéry retrouve le sens étymologique du mot *« charmes »* (en latin : *carmina* = chants au pouvoir magique) pour donner un titre au recueil de ses poèmes. Henri Michaux, dans *Épreuves, exorcismes* (textes de 1940-1944, publiés en 1945), a voulu récupérer les pouvoirs dormants de la parole poétique : les poèmes deviennent des exorcismes : *« Leur raison d'être : tenir en échec les puissances environnantes du monde hostile.* [...]

*« L'exorcisme, réaction en force, en attaque de bélier, est le véritable poème du prisonnier.*

*« Dans le lieu même de la souffrance et de l'idée fixe, on introduit une exaltation telle, une si magnifique violence, unies au martellement des mots,*

*que le mal progressivement dissous est remplacé par une boule aérienne et démoniaque — état merveilleux !* »

Beaucoup de poèmes d'Henri Michaux tirent leur efficace de leur formulation conjuratoire, de la violence de leurs incantations. Magie noire de ces textes qui agressent le lecteur et cherchent à le transformer par la seule force des mots :

*Je vous construirai une ville avec des loques, moi !*
(...)
*Glas ! Glas ! Glas sur vous tous, néant sur les vivants !*
(...)
*Dans le noir nous verrons clair, mes frères.*
*Dans le labyrinthe nous trouverons la voie droite.*
*Carcasse, où est ta place ici, gêneuse, pisseuse, pot cassé ?*
*Poulie gémissante, comme tu vas sentir les cordages tendus*
*des quatre mondes !*
*Comme je vais t'écarteler !*

(*La Nuit remue,* 1935)

Mais la magie peut être blanche et l'enchantement poétique procéder du désir de transformer l'inacceptable réalité en redonnant le pouvoir aux mots.

## POÉSIE ET RELIGION

Les rituels des religions ont tiré parti de la rigueur et de la densité de la forme poétique pour les cérémonies liturgiques et les pieuses oraisons. C'est une idée reçue depuis l'époque romantique que les littératures profanes dérivent d'antiques poésies sacrées. L'histoire de la poésie serait celle d'une laïcisation progressive. Ainsi le vers syllabique français, inventé pour les besoins de l'Église médiévale (il permettait aux fidèles de participer à la liturgie par des chants faciles à retenir), s'est lentement dégagé, au cours du Moyen Âge, de ses origines religieuses. Inversement, Paul Claudel ou l'abbé Henri Brémond découvrent dans la poésie un enseignement préparatoire à la prière : les arts n'aspireraient pas, comme on l'a dit, à rejoindre la musique. « *Non, ils aspirent tous, mais chacun par les magiques intermédiaires qui lui sont propres — les mots ; les notes ; les couleurs ; les lignes — ils aspirent tous à rejoindre la prière* » (H. Brémond). Méditant sur la notion de « *poésie pure* », Claudel affirme que la poésie, en tant qu'elle est utilisation du langage au-delà de l'usage habituel, permet d'atteindre « *la* chose pure, *la chose non pas en tant qu'elle sert à notre usage quotidien, mais en tant que dans la plénitude de son sens elle est de Dieu une image partielle, intelligible et délectable, et telle que le mot complet, le* mot *par excellence, qui est racine et clef, en donne à notre esprit la parfaite intelligence, mais associée toujours à cette phrase qui nous entraîne.* [...] *C'est en ce sens que la poésie rejoint la prière, parce qu'elle dégage des choses leur essence pure qui est de créatures de Dieu et de témoignage à Dieu » (Positions et Propositions).*

Claudel fait ici allusion au débat lancé par le livre de l'abbé Brémond, *La Poésie pure,* en 1925, dans lequel la poésie est présentée comme une exaltation mystique tendant à l'ineffable. En fait, le terme de « poésie pure » prête à confusion. Pour Claudel, le poète pur est celui qui n'utilise pas le langage conformément à la pratique habituelle et utilitaire, mais qui est sensible à ses ressources latentes *(« tous ces fantômes sonores que le mot met à sa disposition »).* Paul Valéry est encore plus circonspect et regrette d'avoir parfois utilisé une expression qui lui semble ne pouvoir désigner qu'une limite impossible à atteindre : « *l'ambition* d'un discours qui soit chargé de plus de sens et mêlé de plus de musique que le langage ordinaire n'en porte et n'en peut porter ». Notion floue et d'ordre religieux pour l'abbé Brémond, la poésie pure désigne pour Claudel et Valéry ce qui est le propre de la poésie : l'invention d'un langage.

## POÉSIE ET PENSÉE

Cette liaison ancienne de la poésie et du sacré, qui se découvre dans l'ordre du mythe, de la magie ou de la religion, explique les suspicions soulevées par les pouvoirs du poète. Méfiances d'autant plus grandes que ces pouvoirs semblent exorbitants à qui prétend se soumettre à l'autorité de la raison. La tradition occidentale a systématiquement tendu à opposer poésie et pensée rationnelle. Ainsi Platon définit-il l' *« enthousiasme poétique »* (en grec, l'expression signifie littéralement : le fait d'être possédé par la divinité) comme un délire inquiétant. Au XVIII^e^ siècle, le philosophe italien J.-B. Vico affirme encore l'incompatibilité de la pensée et de la poésie : *« jamais ne s'est rencontré un même homme qui fût à la fois grand métaphysicien et grand poète ».* C'est que, pour lui, la philosophie, où règne l'abstraction, est une conquête de la maturité de l'esprit et de la raison, tandis que la poésie, qui relève de l'imagination et des sens, qui s'abandonne aux formes corporelles, nous ramène à l'enfance. De cette conception dérive le stéréotype péjoratif du poète considéré comme un rêveur, un doux illuminé, un fou.

Cependant, le divorce entre poésie et pensée n'est pas irrémédiable. D'abord, modestement, la poésie peut se mettre au service de la pensée, en conservant et véhiculant les acquis du savoir. Elle se mêle intimement à la vie quotidienne et accompagne le retour rythmé des travaux et des jours, des joies et des peines, par des chants de travail ou de fête, des poèmes pour célébrer les naissances ou déplorer la mort. Elle formule ainsi et condense, comme les proverbes, la morale et les préceptes de la vie sociale : les poètes de cour, dont Molière se moque dans *Le Misanthrope* et *Les Femmes savantes,* ne faisaient que codifier les règles des relations amoureuses à leur époque. Parce que la prose s'est aujourd'hui réservé la transmission de la connaissance, la poésie semble avoir perdu ses capacités didactiques. On admire encore Hésiode et Virgile d'avoir mis en poèmes la technologie agricole de leur temps. Mais *Les Jardins* (1782) de l'abbé Delille, traité de *« l'art d'embellir les paysages »*, n'est plus cité que comme un exemple de la poésie manquée du XVIIIe siècle. Et la *Petite Cosmogonie portative* (1950), poème en six chants où Raymond Queneau expose la formation de l'univers et le surgissement de la vie, apparaît à certains lecteurs comme une gageure sauvée par l'humour. Il arrive cependant que la poésie didactique soit reconnue comme poésie authentique : quand elle cesse de simplement vulgariser des connaissances, pour devenir investigation, découverte, production de sens par le travail du langage. Ainsi le *De natura rerum* de Lucrèce ne se contente-t-il pas de mettre en vers une explication du monde, inspirée de la philosophie d'Épicure ; la richesse et la nouveauté de la pensée naissent de la formulation poétique elle-même. La fascination qu'exerce la philosophie d'Héraclite procède en grande partie de l'invention d'une forme poétique : sentences énigmatiques, condensant le plus de sens possible (sinon plusieurs sens) dans le minimum de mots simples. C'est le recours à une stylistique de l'aphorisme et à des métaphores poétiques qui permet la critique radicale du concept et de la métaphysique occidentale opérée par Nietzsche.

## POÉSIE ET CONNAISSANCE

La poésie, par elle-même, peut donc devenir un moyen de connaissance. Le Romantisme européen, à travers de nombreux avatars, a transformé cette proposition en article de foi : le poète est un mage, un prophète, un voyant... Conception idéaliste et dualiste le plus souvent : le poète est celui qui a accès à un monde autre. Ou qui, exilé dans le monde matériel, conserve le souvenir du ciel antérieur. Le poète allemand Achim von Arnim (1781-1831) donne pour finalité à la poésie la connaissance de la *« réalité secrète de l'univers » : « Pareils à la jubilation du printemps, les poèmes ne sont nullement une histoire de la terre ; ils sont un souvenir de ceux qui se réveillèrent en esprit des rêves qui les avaient amenés ici-bas ; un fil conducteur accordé par le saint Amour aux habitants de la terre dont le sommeil est agité. Les œuvres poétiques ne sont pas vraies de cette vérité que nous attendons de l'histoire, et que nous exigeons de nos semblables, dans nos rapports humains ; elles ne seraient pas ce que nous cherchons,* ce qui nous cherche, *si elles pouvaient appartenir tout entières à la terre. Car toute œuvre poétique ramène au sein de la communauté éternelle le monde qui, en devenant terrestre, s'en est exilé.*

*« Nommons voyants les poètes sacrés ; nommons voyance d'une espèce supérieure la création poétique. »*

Le thème de la « voyance poétique » se retrouve tout au long du XIXe siècle, dans la réflexion sur la poésie. Ainsi s'est constitué un mythe idéaliste du poète, tenu pour un individu supérieur, doué de pouvoirs quasi surnaturels, par lesquels il peut accéder à des révélations vertigineuses et retrouver l'harmonie des origines.

# LA VOYANCE POÉTIQUE

Issue sans doute des temps les plus anciens, la conception du poète-voyant, du poète-prophète a connu au XIX^e^ siècle (et jusqu'à nos jours) un succès jamais démenti.

• À l'aube du Romantisme, Novalis (1772-1801), dans quelques aphorismes, affiche pour le poète une ambition hors du commun :
*« Il existe un présent spirituel qui identifie le passé et l'avenir en les dissolvant, et ce mélange est l'élément essentiel du poète, son atmosphère propre. »*
*« Le vrai poète est omniscient ; il est un véritable univers en petit. »*
*« L'homme entièrement conscient s'appelle le voyant. »*

• Victor Hugo ne pouvait pas ne pas s'emparer du thème :
*« ... le domaine de la poésie est illimité. Sous le monde réel, il existe un monde idéal, qui se montre resplendissant à l'œil de ceux que les méditations graves ont accoutumés à voir dans les choses plus que les choses. »* (Préface des *Odes*, 1822)
Au milieu du siècle, le thème est devenu omniprésent :

• Nerval : *« Le rêve est une seconde vie. Je n'ai pu percer sans frémir ces portes d'ivoire ou de corne qui nous séparent du monde invisible. »* (*Aurélia*, 1855) Pour Nerval (et *Aurélia* doit en fournir l'expérimentation), seul le poète peut franchir ce seuil qui sépare la vie réelle d'une autre vie.

• Baudelaire : « *La poésie est ce qu'il y a de plus réel, c'est ce qui n'est complètement vrai que dans* un autre monde. » (*Puisque réalisme il y a*, vers 1855)
*« C'est cet admirable, cet immortel instinct du beau qui nous fait considérer la terre et ses spectacles comme un aperçu, comme une correspondance du Ciel. La soif insatiable de tout ce qui est au-delà, et que révèle la vie, est la preuve vivante de notre immortalité. C'est à la fois par la poésie et* à travers *la poésie, par et* à travers *la musique, que l'âme entrevoit les splendeurs situées derrière le tombeau ; et quand un poème exquis amène les larmes au bord des yeux, ces larmes ne sont pas la preuve d'un excès de jouissance, elles sont bien plutôt le témoignage d'une mélancolie irritée, d'une postulation des nerfs, d'une nature exilée dans l'imparfait et qui voudrait s'emparer immédiatement, sur cette terre même, d'un paradis révélé. »* (*Notes nouvelles sur Edgar Poe*, 1857)
« [...] *tout est hiéroglyphique, et* [...] *les symboles ne sont obscurs que d'une manière relative* [...]. *Or, qu'est-ce qu'un poète* [...], *si ce n'est un traducteur, un déchiffreur ?* » (*Sur Victor Hugo*, 1861)

• Rimbaud : « *Je dis qu'il faut être* voyant, *se faire* voyant.
*Le poète se fait* voyant *par un long, immense et raisonné* dérèglement *de* tous les sens. *Toutes les formes d'amour, de souffrance, de folie ; il cherche lui-même, il épuise en lui tous les poisons, pour n'en garder que les quintessences. Ineffable torture où il a besoin de toute la foi, de toute la force surhumaine, où il devient entre tous le grand malade, le grand criminel, le grand maudit, — et le suprême Savant ! — Car il arrive à l'*inconnu ! » (Lettre à Paul Demeny, dite lettre du « Voyant », 15 mai 1871)

• Quand Mallarmé revendique orgueilleusement que « *tout, au monde, existe pour aboutir à un livre* », il s'épouvante cependant de devoir définir le poète comme « *l'homme chargé de voir divinement* » (*Le livre, instrument spirituel,* 1895)

• Dans la mouvance symboliste, les pouvoirs prophétiques du poète sont hautement proclamés :
« *L'art ne consiste pas seulement à voir et à sentir son heure, mais principalement à prévoir et à pressentir par-delà les limites de son temps les idées impratiquées. L'art véritable est anticipateur.* » (Saint-Pol Roux, *Les Féeries intérieures,* 1898)

• C'est peut-être André Breton qui fournit la « démonstration » la plus étonnante des pouvoirs de « voyance » du poète. Racontant la rencontre illuminante d'une jeune femme, dans le quartier des Halles à Paris, en 1934, il s'aperçoit que cet événement, pour lui capital, est préfiguré dans un poème *(Tournesol)* qu'il avait écrit en 1923 : « *Je dis qu'il n'est rien de ce poème de 1923 qui n'ait été annonciateur de ce qui devait se passer de plus important pour moi en 1934.* » André Breton interprète cette coïncidence comme une illustration frappante des pouvoirs qu'il faut accorder à l'expérience poétique (*L'Amour fou,* 1937).

Mais le poète dispose-t-il d'autre pouvoir que celui du langage ? Rimbaud souligne dans la fameuse lettre « du Voyant », du 15 mai 1871, que le poète est d'abord à la recherche d'un langage :

« *Donc le poète est vraiment un voleur de feu.*

« [...] *il devra faire sentir, palper, écouter ses inventions ; si ce qu'il rapporte de* là-bas *a forme, il donne forme ; si c'est informe, il donne l'informe. Trouver une langue — Du reste, toute parole étant idée, le temps d'un langage universel viendra !* »

Ainsi, affirmer que le poète est un voyant ou un prophète, c'est surtout suggérer sa faculté d'inventer un langage.

## LA POÉSIE CONTRE LA MORT

Plus modestement, sans attribuer au poète un pouvoir hors du commun, on peut constater que les éclairs du langage poétique projettent des lueurs violentes sur le mystère de la condition humaine. Les poètes nous apprennent à découvrir (ou inventer) le monde et nous-mêmes. Ainsi quand ils méditent sur la mort, thème multiséculaire du lyrisme universel, on croit entendre, d'âge en âge, à travers des poèmes innombrables, le même lieu commun, déploration ou exaltation de la mort ; mais l'écoute attentive des poètes révèle plus qu'une volonté de dire la mort ; il s'agit de l'apprivoiser, de la vaincre, de l'abolir. Pour limiter nos exemples au domaine français :

— André Chénier : la mort douce et diaphane, dans *La jeune Tarentine* ou *Néaere,* se dissout dans la musicalité caressante des vers :

*Elle est au sein des flots, la jeune Tarentine.*
*Son beau corps a roulé sous la vague marine.*

— Baudelaire : la légèreté odorante, les floraisons étranges, dans *La mort des amants,* révèlent l'ambiguïté (ou la réversibilité) de la mort et de l'amour :

*Et plus tard un Ange, entr'ouvrant les portes,*
*Viendra ranimer, fidèle et joyeux,*
*Les miroirs ternis et les flammes mortes.*

Vertigineux jeu de miroirs, où la mort abdique sa terrifiante réalité.

— Maynard (poète du début du XVII^e^ siècle, disciple de Malherbe) : ses *Stances à la belle Vieille* chantent la victoire de l'amour sur la déchéance de l'âge et se terminent par ce vers triomphal :

*Et ferais jour et nuit l'amour à ton cercueil.*

— Chez les poètes du XX^e^ siècle, on saisit mieux comment le lieu commun métaphysique se transforme et prend vie en s'incarnant dans le poème. La méditation de Paul Valéry, dans *Le Cimetière marin,* reste guindée. Sur le même thème (donné par les parallélismes de sonorités propres à la langue française : la mer/l'amour/la mort), *Amers* de Saint-John Perse propose une variation éblouissante. Après avoir mimé le défi et le triomphe de l'amour sur la mort :

*Ô Mer levée contre la mort ! Qu'il est d'amour en marche par le monde à la rencontre de ta horde !* [...]

[...] *La Mort éblouissante et vaine s'en va, au pas des mimes, honorer d'autres lits.*

le poème s'achève par cette proclamation sereine :

*Nous qui mourrons peut-être un jour disons l'homme immortel au foyer de l'instant.*

— Paul Éluard découvre la force de résister au deuil dans une expérience où l'amour et la poésie s'identifient l'un à l'autre : le sens de l'entreprise s'inscrit dans les titres des recueils — *Corps mémorable et Le Phénix* — et des poèmes — *Prête aux baisers résurrecteurs :*

*Et la porte du temps ouverte entre tes jambes*
*La fleur des nuits d'été aux lèvres de la foudre*
*Au seuil du paysage où la fleur rit et pleure*
*Tout en gardant cette pâleur de perle morte*
*Tout en donnant ton cœur tout en ouvrant tes jambes*

— René Char fait partager au lecteur, par l'illumination de l'expression poétique, le pouvoir qu'a le poète de prendre la mesure de la mort et de dénoncer les images extravagantes qu'on en fait : « *Le poète ne s'irrite pas de l'extinction hideuse de la mort, mais confiant en son toucher particulier transforme toutes choses en laines prolongées. » (Seuls demeurent)* Non que la mort n'existe pas et qu'elle ne soit pas « hideuse ». Mais le poète sait la remettre à sa place. À l'heure solaire de midi, quand le temps s'immobilise dans la chaleur lumineuse, le poète méditerranéen éprouve *« la sensation de ce moment où l'idée de la mort est la plus petite et la plus indolore possible ; le sentiment merveilleux de cette rare victoire de la lumière matérielle sur les maladies imaginaires de la mort »* (G. Mounin, *La Communication poétique*) :

*Mort minuscule de l'été*
*Détèle-toi mort éclairante*
*À présent je sais vivre.*

*(Le Marteau sans Maître)*

C'est René Char qui cite ici G. Mounin. Mais Paul Valéry développe le même thème dans *Le Cimetière marin*. Et Héraclite déjà...

Les poètes n'écrivent donc pas sur, mais contre la mort. En recourant à la magie consolante que répand la douceur musicale et hypnotique des vers (André Chénier et tous les auteurs de thrènes, épigrammes funéraires, consolations, etc. : les genres funèbres sont de tous les temps et de tous les pays), ils tentent d'exorciser, par le moyen du langage, l'angoisse de « l'instant fatal » (c'est le titre d'un recueil de Raymond Queneau, 1948).

## LE PLAISIR POÉTIQUE

Outil, instrument mnémotechnique, moyen de connaissance, procédé pour communiquer une émotion ou une expérience, la poésie est tout cela. Mais elle est aussi un objet de plaisir.

Plaisir esthétique, lié à la beauté intrinsèque de l'outil, de la même nature que celle désignée par les musées modernes, lorsqu'ils exposent une herminette préhistorique, une gargoulette précolombienne ou une faucille de paysan. La perfection dans l'utilité fait naître le sentiment de la beauté. On peut penser que, dès le passé le plus reculé, les exemples les plus achevés de la fonction mémorisante de la poésie ont suscité une forme de plaisir esthétique. Plaisir de l'objet bien fait.

Plaisir ludique et libidinal, car la poésie est un jeu qui mobilise non seulement l'esprit, mais la sensibilité et le corps. Les mots sont les premiers jouets que l'on donne aux enfants. Les comptines et autres formulettes (chansons, rondes, devinettes, phrases incantatoires, etc.) accompagnent et rythment toutes les activités de l'enfance ; mais surtout, et c'est ce secret que des poètes modernes comme Robert Desnos, Paul Éluard ou Philippe Soupault ont tenté de retrouver en les imitant, elles procurent le plaisir de s'enivrer de mots.

*« Par une comptine, l'enfant saute à pieds joints par-dessus le monde dont on lui enseigne les rudiments. Il jongle délicieusement avec les mots et s'émerveille de son pouvoir d'invention. Il prend sa revanche, il fait servir ce*

*qu'il sait au plaisir défendu d'imaginer, d'abuser.* » (Paul Éluard : *Les Sentiers et les Routes de la poésie,* 1954)

Si les poètes restent proches de l'enfance, c'est parce qu'eux aussi jouent avec les mots. Pour certains linguistes, le langage lui-même dériverait d'une activité ludique archaïque : l'homme aurait produit le langage en jouant avec les organes de la respiration et de la nutrition et en les transformant en appareil phonatoire (c'est-à-dire capable de produire des sons). De même l'apprentissage de la parole par le jeune enfant commence par une phase d'exploration ludique des possibilités du corps : il découvre sa capacité à produire des sons qui fonctionnent comme signal (le bébé crie pour appeler) et qui procurent du plaisir (il gazouille pour lui-même, gratuitement, pour la volupté qu'il en retire). Tout se passe comme si la poésie maintenait le souvenir de cet ancien plaisir du corps. C'est ce que montre le livre du poète André Spire, *Plaisir poétique, plaisir musculaire* (1949), qui souligne la parenté des rythmes corporels (balancements des bras et des jambes, marche, danse) et des rythmes langagiers de la poésie. Le plaisir poétique naît d'une *« danse laryngo-buccale »,* qui met en jeu les organes de l'articulation. Dans certaines civilisations, en Inde, en Afrique, la formation au métier de poète comporte de nombreux exercices physiques : préparation de la voix, gymnastique buccale, étude de mimiques... Or les civilisations de l'Occident, dans leur évolution matérielle et spirituelle, ont eu tendance à réduire la part accordée au plaisir et au corps. D'où la tentation de dévaloriser la poésie et de mépriser les poètes ; on les suspecte de donner trop de crédit à des puérilités : le plaisir de jouer, le plaisir de vivre.

## LA POÉSIE ET LE RÊVE

On accentue parfois l'antinomie entre poésie et réalité : les poètes méconnaîtraient le principe de réalité, fabriqueraient des chimères, prétendraient vivre leur rêve. Il suffit de remettre sur leurs pieds ces divagations idéalistes pour découvrir une étroite relation entre le rêve et la poésie. Car l'un et l'autre manifestent la grande force des pulsions, l'énergie libre de l'inconscient, au moyen de processus analogues : les jeux langagiers de la poésie sont parallèles à ce que Freud appelle le « travail du rêve ». Dans les figures poétiques qui subvertissent le langage ordinaire de la communication, on retrouve par exemple la « condensation » (processus de l'inconscient par lequel plusieurs représentations ou contenus de pensée sont fondus en un seul : c'est l'équivalent de la métaphore poétique) et le « déplacement » (l'intensité d'une représentation se détache sur une autre, originellement moins intense, mais reliée à la première par une chaîne d'associations : on peut reconnaître la métonymie).

Ainsi, loin de se complaire dans le vague et la rêverie détachée de la terre, la poésie s'enracine dans le corps et les profondeurs de l'esprit. Elle donne ou redonne la parole aux voix que n'ont pu faire taire tous les dressages que nous subissons.

## POUVOIRS DU POÈTE

L'énumération des diverses fonctions de la poésie a mis en évidence plusieurs paradoxes, qu'on pourrait ainsi résumer : la poésie est un outil ludique. L'utilité et le plaisir sont deux faces — indissociables — de la réalité poétique. Toute tentative pour la réduire à un seul de ses aspects méconnaîtrait et mutilerait la richesse et la complexité du phénomène.

Ayant conscience des rôles importants qu'ils peuvent jouer, les poètes ont su mépriser les attaques qu'on leur portait, de Platon aux bourgeois philistins, ennemis des Romantiques. Au point de céder parfois à la tentation du triomphalisme : l'ambition démesurée de Victor Hugo éclate dans un poème écrit en août 1823, qui fait du poète un mage, un prophète, un nouveau Moïse, un sauveur de l'humanité :

*Un formidable esprit descend dans sa pensée*
*Il paraît ; et soudain, en éclairs élancée,*
*Sa parole luit comme un feu.*
*Les peuples prosternés en foule l'environnent,*
*Sina mystérieux, les foudres le couronnent,*
*Et son front porte tout un Dieu !*

(*Nouvelles Odes*, 1824)

On peut préférer de plus modestes défenses et illustrations de la poésie. Comme ce poème de René-Guy Cadou :

*Celui qui entre par hasard dans la demeure d'un poète*
*Ne sait pas que les meubles ont pouvoir sur lui*
*Que chaque nœud du bois renferme davantage*
*De cris d'oiseaux que tout le cœur de la forêt*
*Il suffit qu'une lampe pose son cou de femme*
*À la tombée du soir contre un angle verni*
*Pour délivrer soudain mille peuples d'abeilles*
*Et l'odeur de pain frais des cerisiers fleuris*
*Car tel est le bonheur de cette solitude*
*Qu'une caresse toute plate de la main*
*Redonne à ces grands meubles noirs et taciturnes*
*La légèreté d'un arbre dans le matin.*

R.-G. Cadou, *Les Biens de ce monde,*
*in Œuvres complètes,* Seghers édit.

Il fallait sans doute ce prosaïsme concerté, cette claudication des vers pour nous faire comprendre que, pour le poète, il n'est pas d'autre maison ni d'autres meubles que le poème et ses mots. Qu'il n'est pas d'autre pouvoir magique non plus que celui des mots pour métamorphoser le monde.

## RÉFÉRENCES ET LECTURES COMPLÉMENTAIRES

Le présent chapitre doit beaucoup à deux ouvrages essentiels, anciens maintenant, mais qui n'ont pas vraiment été remplacés :
G. JEAN, *La Poésie,* Paris, Seuil, 1976 (nombreuses rééditions).
G. MOUNIN, *Poésie et société,* Paris, P.U.F., 1962.
Ce sont les meilleures introductions à une « sociologie de la poésie », mais ils ouvrent aussi sur une problématique générale.
On les complétera par un autre ouvrage de G. Mounin, spécialiste de linguistique et lecteur assidu de René Char, qui tire un bel enseignement de cette double expérience :
G. MOUNIN, *La Communication poétique,* Gallimard, 1969.

Outre les ouvrages indiqués dans la bibliographie générale en fin de volume (et principalement les réflexions théoriques des poètes eux-mêmes), on pourra consulter sur des points particuliers :

• *Sur la poésie orale :*
M. BOWRA, *Chant et poésie des peuples primitifs,* Paris, Payot, 1966.
M. HOUIS, *Anthropologie linguistique de l'Afrique noire,* Paris, P.U.F., 1971 (le chapitre II est particulièrement consacré au statut de l'oralité en Afrique).
M. JOUSSE, *L'Anthropologie du geste,* 2 vol., Gallimard, (1974-1975).
P. ZUMTHOR, *Introduction à la poésie orale,* Paris, Seuil, 1983 (ouvrage fondamental).

• *Sur l'épopée :*
Le chapitre de R. Étiemble, « L'épopée de l'épopée », dans ses *Essais de littérature vraiment générale* (Gallimard, 1974), reste très suggestif. On consultera avec profit (et l'indication serait aussi valable pour les problèmes soulevés par les autres genres poétiques) les articles des encyclopédies et dictionnaires spécialisés : *Encyclopaedia Universalis, Grande Encyclopédie Larousse, Dictionnaire des Littératures de Langue Française* (Bordas), *Dictionnaire des Littératures* (Larousse), etc.

• *Sur la poésie et les mythes :*
Outre les ouvrages généraux sur le mythe :
R. CAILLOIS, *Le Mythe et l'Homme,* Paris, Gallimard, Folio-Essais, 1987.
M. ÉLIADE, *Aspects du mythe,* Paris, Gallimard, 1963.
C.-G. JUNG, *L'Homme et ses symboles,* Paris, Pont Royal, 1964.
on se référera aux études de Pierre Albouy :
P. ALBOUY, *Mythes et mythologies dans la littérature française,* Paris, A. Colin, coll. U 2, 1969.
P. ALBOUY, *La Création mythologique chez Victor Hugo,* Paris, Corti, 1963.

• *Sur la poésie et l'inconscient :*
La bibliographie serait considérable. On se reportera d'abord à Freud :
S. FREUD, *L'Interprétation des rêves,* Paris, P.U.F., 1967.
S. FREUD, *Le Mot d'esprit et ses rapports avec l'inconscient,* Paris, Gallimard, 1953.
C'est dans ces deux ouvrages qu'on trouvera la théorie du travail de l'inconscient si souvent mise en parallèle avec le travail des figures du langage poétique.

# 2 *L'inspiration et le travail*

D'où procèdent ces pouvoirs qui sont accordés ou reprochés au poète ? On connaît la double réponse donnée par une longue tradition : les poètes sont des inspirés ; à travers eux parle une voix qui vient d'ailleurs et qui met dans leur bouche des mots étranges, un langage d'étranger ; la poésie est une glossolalie (c'est ainsi que l'on nomme la faculté de parler spontanément et soudainement une langue auparavant inconnue). Ou bien — et la thèse est opposée — le poète construit l'étrangeté magnifique de son langage par un travail minutieux et patient ; il pratique son métier comme un artisan du vers.

Étiemble rassemble quelques définitions du poète-fabricant :

« *Le poète ou faiseur, écrivait Diderot, dans la* Suite de l'entretien. *Théophile Gautier, un peu plus tard : "Le mot poète veut dire littéralement* faiseur : *tout ce qui n'est pas fait n'existe pas." Pour Jean Paulhan, le* poiétès *est une façon de* parolier ; *pour Valéry, un* fabricateur. » (*Hygiène des lettres : poètes ou faiseurs,* 1966)

L'antithèse *inspiration-travail* n'est pas particulière à la tradition européenne. On la trouve formulée partout où se développe une réflexion sur l'origine de la parole poétique. Léopold Senghor distingue deux grandes classes parmi les poètes de l'Ouest africain : les *griots,* qui *« font métier de poésie »* et savent *« les paroles plaisantes au cœur et à l'oreille »* convenant à une circonstance donnée ; ils étaient souvent attachés à la cour d'un prince dont ils chantaient la louange ; et les *dyâli,* ou diseurs-de-choses-très-cachées, qui ont reçu un enseignement ésotérique et dont la parole révèle les grandes forces cosmiques qui assurent l'équilibre universel. Les grammairiens et poéticiens indiens ont dressé d'impressionnants traités des figures de rhétorique : manuels indispensables au poète-artisan ; mais eux aussi, comme Mammata (début du XII^e^ siècle), ils fixent comme finalité à la poésie de (res)susciter des états psychiques enfouis dans le tissu des expériences passées ou provenant de l'une des innombrables vies antérieures : la poésie est alors, littéralement, une apparition, une illumination, une parole surgie d'ailleurs, au-delà des limites du temps et de l'espace.

Les grands poèmes d'Homère commencent par une invocation à la Muse : *« Muse, dis-moi* [...], *déesse née de Zeus, conte ces aventures » (Odyssée). « Chante la colère, déesse, du fils de Pélée » (Iliade).*

Ainsi, même s'il a réellement existé, Homère n'est encore qu'un prête-nom : il s'est laissé posséder par la parole divine de la Muse. Les Muses — elles sont neuf — sont les filles des neuf nuits d'amour de Zeus et de Mémoire (le mythe grec, à sa manière, suggère que la poésie naît d'une mnémotechnique) ; elles chantent des chants divins pour le plaisir des dieux, en des lieux consacrés (la Piérie, le sommet de l'Olympe enneigé, la source d'Hippocrène), sous la conduite parfois d'Apollon Musagète ; elles inspirent le poète ou, plus exactement, leur voix se confond avec la sienne, d'Hésiode à Du Bellay, Musset ou Claudel.

## L'INSPIRATION, DON DES DIEUX

Réfléchissant sur le rôle des Muses, Platon propose, dans le dialogue intitulé *Ion,* une théorie radicale de l'inspiration poétique :

« *Ce n'est pas* [...] *par un effet de l'art, mais bien parce qu'un Dieu est en eux et qu'il les possède, que tous les poètes épiques, les bons s'entend, composent tous ces beaux poèmes, et pareillement pour les auteurs de chants lyriques, pour les bons. De même que ceux qui sont en proie au délire des Corybantes* [prêtres de Cybèle, pratiquant les danses extatiques] *ne se livrent pas à leurs danses quand ils ont leurs esprits, de même aussi les auteurs de chants lyriques n'ont pas leurs esprits quand il composent ces chants magnifiques.* [...] *Le poète est chose légère, chose ailée, chose sainte, et il n'est pas encore capable de créer jusqu'à ce qu'il soit devenu l'homme qu'habite un Dieu, qu'il ait perdu la tête, que son propre esprit ne soit plus en lui ! Tant qu'il sera maître de lui-même, aucun être humain ne sera capable, ni de créer, ni de vaticiner. Ainsi donc, en tant que ce n'est pas par un effet de l'art qu'ils disent tant et de si belles choses sur les sujets dont ils parlent* [...], *mais par l'effet d'une grâce divine, chacun d'eux n'est capable d'une belle création que dans la voie sur laquelle l'a poussé la Muse* [...]. *Mais dans les autres voies, chacun d'eux ne vaut pas cher !* » Si les poètes créaient en vertu d'un art ou d'une technique propres, ils devraient pouvoir exceller en tous genres. Comme ce n'est pas le cas, c'est la preuve que « *ce n'est pas eux qui disent ces choses dont la valeur est si grande, eux de qui l'esprit est absent, mais que c'est la Divinité elle-même qui parle, qui par leur entremise nous fait entendre sa voix ! Or la preuve la plus décisive à l'appui de mon dire, c'est Tynnichos de Chalcis qui me la fournit : il n'a jamais composé aucun poème que personne ait pu juger digne de mémoire, hors ce péan* [hymne en l'honneur d'Apollon] *qu'on chante partout, la plus belle pièce de lyrisme peut-être : tout bonnement, selon sa propre parole, « une trouvaille des Muses ». C'est donc dans ce cas que, à mon avis, la Divinité nous fait le mieux voir, voulant nous enlever à cet égard toute incertitude, qu'il n'y a en ces beaux poèmes rien qui soit humain, qu'ils ne sont pas l'œuvre des hommes, mais qu'ils sont divins et l'œuvre des dieux, les poètes n'étant, de leur côté, que les interprètes de ces derniers et possédés de celui qui aura fait de chacun d'eux sa possession.* »

Platon : *Œuvres complètes* (trad. L. Robin),
Gallimard, édit., coll. La Pléiade.

On saisit à travers ce texte les raisons de la méfiance que Platon manifeste aux poètes : leur délire peut inquiéter puisqu'il les arrache à eux-mêmes et les rend totalement irresponsables. Mais, en même temps, quelle grandeur dans ces êtres que vient visiter la présence divine ! De la Pléiade au Romantisme, toute une conception élitiste s'autorise du texte platonicien pour définir le poète comme un élu ou comme une âme d'exception de longtemps préparée au sacerdoce poétique ; car Dieu ne délègue son inspiration aux « *hommes d'ici-bas* » que

*Quand ils ont de l'humain les âmes séparées*
*Et qu'à telle fureur elles sont préparées*
*Par oraison, par jeûne et pénitence aussi.*

Ronsard, *Hymne à l'Automne* (1563)

Pour désigner cette « fureur sacrée » qui s'empare du poète inspiré, le français du XVIe siècle calque sur le grec de Platon le mot *enthousiasme.* L'enthousiasme poétique ou présence du dieu dans le poète est analogue, comme le montrent les vers de Ronsard, à l'expérience religieuse qui ravit le fidèle lors de la communion. Félicité suprême, refusée aux *« âmes vicieuses »* (toujours Ronsard) : l'inspiration, *« cette honnête flamme au peuple non commune »* (Du Bellay), doit être réservée à une aristocratie de l'esprit.

De Platon procède aussi l'idée reçue que l'inspiration souffle quand il lui plaît. Qui ne la saisit à ce moment précis risque de la voir échapper pour toujours. Comme elle peut, dans une œuvre entière, n'illuminer qu'un seul poème. Le Romantisme a construit un mythe qui répond exactement à l'exemple platonicien de Tynnichos de Chalcis : c'est la célébrité bruyamment accordée à un sonnet tiré d'un recueil modeste publié en 1833 par un poète mineur, Félix Arvers.

Ni meilleur, ni pire que beaucoup d'œuvrettes de l'époque, ce sonnet devait pourtant figurer, pendant presque un siècle, comme une réussite

### LE SONNET D'ARVERS

Ma vie a son secret, mon âme a son mystère,
Un amour éternel en un moment conçu.
Le mal est sans espoir, aussi j'ai dû le taire,
Et celle qui l'a fait n'en a jamais rien su.

Hélas ! j'aurai passé près d'elle inaperçu,
Toujours à ses côtés et pourtant solitaire,
Et j'aurai jusqu'au bout fait mon temps sur la terre,
N'osant rien demander et n'ayant rien reçu.

Pour elle, quoique Dieu l'ai faite douce et tendre,
Elle ira son chemin, distraite et sans entendre
Ce murmure d'amour élevé sur ses pas.

À l'austère devoir pieusement fidèle,
Elle dira, lisant ces vers tout remplis d'elle :
« Quelle est donc cette femme ? » et ne comprendra pas.

exceptionnelle, tranchant de son éclat sur une œuvre insipide ; bref, comme la preuve tangible et irrécusable des interventions capricieuses de l'inspiration.

## POÉSIE, PROPHÉTIE

La théorie platonicienne de l'inspiration a été renforcée par sa rencontre, dans la réflexion des théologiens chrétiens des premiers siècles, avec les spéculations bibliques sur la parole de Dieu. La Bible, en effet, montre volontiers comment l'esprit de Dieu se saisit d'un homme pour le faire agir et parler : « *L'esprit de Iahvé s'abattit sur moi et il me dit : " Dis "* » (*Ezéchiel*, XI, 5). Le prophète est littéralement celui qui parle à la place d'un autre, de l'Autre, de Dieu. Agrippa d'Aubigné commence le livre VII des *Tragiques* (1616) par un solennel appel à Dieu (parallèle à l'invocation d'Homère à la Muse) pour que le Créateur donne « *force à* (sa) *voix, efficace à* (ses) *vers* ».

Le mot *inspiration*, en français ancien, désigne exactement cette insufflation divine qui s'empare du prophète ou l'enthousiasme créateur qui entraîne le poète ; c'est seulement chez les médecins du XVI^e^ siècle qu'il prend un sens concret, technique (moment de la respiration pulmonaire). Paul Claudel réunit ces deux sens dans sa théorie de l'inspiration : le poète inspiré obéit à une « *espèce d'excitation rythmique* », impulsion régulière, souffle d'un désir, « *poussée de l'âme* » ; ainsi se prépare-t-il à recevoir le souffle de Dieu, à épouser le rythme même du monde, à atteindre la connaissance : « *co-naissance au monde et à soi-même* ».

Pour exprimer l'action de l'inspiration divine, les Pères de l'Église utilisaient le verbe *dictare* (= dicter), que l'on retrouve dans l'allemand *dichten* (= composer la poésie) et *Gedicht* (= poésie, poème). Cette évolution sémantique rappelle que la poésie est une dictée. Les théories modernes de l'inspiration se séparent seulement pour définir l'origine de cette dictée.

Si l'inspiration divine tardait à se manifester, n'était-il pas possible de la favoriser par des techniques appropriées ? C'est ce que suggère le *IV^e^ livre d'Esdras* (apocalypse apocryphe du I^er^ siècle) : une voix commanda au prophète de boire une coupe « *apparemment remplie d'eau à couleur de feu* » ; il but et « *son cœur faisait sourdre l'intelligence* », sa « *bouche soufflait la science* ». Ainsi les drogues sacrées peuvent-elles délier les langues et les préparer à relayer la parole divine. Leçon reprise par de nombreux poètes qui ont pensé soutenir leur inspiration par l'usage de drogues diverses. Mais, pour ne prendre qu'un seul exemple, peut-on trouver une différence de ton ou de force poétique dans les poèmes que Baudelaire écrivit sous l'influence du haschich (pour autant qu'on puisse les déterminer avec certitude) ?

Si l'on accepte que la poésie/prophétie délivre un message qui vient d'ailleurs (de Dieu), son étrangeté risque de paraître dangereuse. Poètes et prophètes font peur car ils semblent posséder des pouvoirs mystérieux. Des manipulations idéologiques variées vont donc tenter de confisquer ou de supprimer les pouvoirs du poète. D'abord les poètes deviennent poètes de cour ou poètes officiels : la puissance de leur langage poétique se met au service de l'ordre établi. On peut aussi susciter des formes de poésie dévoyées, édulcorées, châtrées, qui éliminent toute la force latente du langage poétique : les matraquages de l'industrie de la chanson visent à imposer des produits non-poétiques pour remplir certaines fonctions psycho-sociologiques autrefois dévolues à la poésie (comme la communication d'émotions individuelles). Enfin, on peut supprimer les poètes pour détruire leur pouvoir. Méthode douce : Platon se contente de les exiler de la cité. Méthode expéditive : on les met à mort, et c'est la longue litanie des poètes assassinés ou des poètes *« suicidés de la société » :* Lorca, Maïakovski, Antonin Artaud, Pasolini... La liste n'est pas limitative.

## PERMANENCE DES THÉORIES DE L'INSPIRATION

Il semble que la théorie de l'inspiration poétique se perpétue, immuable, à travers les écoles littéraires, de Boileau :

*C'est en vain qu'au Parnasse un téméraire auteur*
*Pense de l'art des vers atteindre la hauteur.*
*S'il ne sent point du Ciel l'influence secrète,*
*Si son astre en naissant ne l'a formé poète,*
*Dans son génie étroit, il est toujours captif.*

(début du Chant I de l'*Art poétique,* 1674)

à Raymond Queneau :

*Bon dieu de bon dieu que j'ai envie d'écrire un petit poème*
*Tiens en voilà justement un qui passe*
*Petit petit petit*
*viens ici que je t'enfile*
*sur le fil du collier de mes autres poèmes*
*viens ici que je t'entube*
*dans le comprimé de mes œuvres complètes*
*viens ici que je t'enpapouète*
*et que je t'enrime*
*et que je t'enrythme*
*et que je t'enlyre*
*et que je t'enpégase*
*et que je t'enverse*
*et que je t'enprose*
*la vache*
*il a foutu le camp*

*Pour un art poétique,* in
*L'Instant fatal* (1948), coll. Poésie, Gallimard édit.

L'inspiration, comme la grâce, se réserve toujours à ceux qui la méritent... ou à ceux qui ne s'épuisent pas à la poursuivre.

En fait, on peut distinguer plusieurs conceptions modernes de l'origine et de la fonction de l'inspiration. L'affirmation platonicienne d'une inspiration divine, radicalement transcendante, reçoit la faveur de ceux qui associent étroitement les phénomènes poétique et religieux : on a évoqué la traduction claudélienne de cette théorie. Plus généralement, elle est acceptée, rituellement, mais sans grande conviction, par tous ceux qui s'appuient sur l'autorité non-critiquable des Anciens (Boileau par exemple) ou qui utilisent l'inspiration comme paravent à des manipulations idéologiques. Même ceux qui donnent la part belle à la « *fureur sacrée* » qui les soulève (les poètes de la Pléiade) doivent reconnaître les limites de l'inspiration :

« *Qu'on ne m'allègue point que les poètes naissent, car cela s'entend de cette ardeur et allégresse d'esprit qui naturellement excite les poètes, et sans laquelle toute doctrine leur serait manque et inutile.* [...] *Qui veut voler par les mains et bouches des hommes doit longuement demeurer en sa chambre : et qui désire vivre en la mémoire de la postérité, doit, comme mort en soi-même, suer et trembler maintes fois, et, autant que nos poètes courtisans boivent, mangent et dorment à leur aise, endurer de faim, de soif et de longues vigiles. Ce sont les ailes dont les écrits des hommes volent au ciel.* »

Du Bellay, *Défense et illustration de la langue française* (1549)

Du Bellay joue sur la formule proverbiale du poète latin Horace : *Nascuntur poetae, fiunt oratores* (On naît poète, mais on devient orateur). Mais il refuse cette conception classique de l'inspiration (l'adverbe *naturellement* interdit de supposer quelque intervention de la divinité !). Il dégrade l'inspiration en vocation ou propension des âmes bien nées, mais seul le travail fait le poète.

## L'INSPIRATION COMME EXPÉRIENCE EXISTENTIELLE

Quand l'inspiration n'est plus une élection divine, elle trouve refuge dans la sensibilité exacerbée du poète : est inspiré celui dont l'émotivité réceptrice vibre intensément à toute incitation perçue. Diderot décrit avec précision les troubles physiologiques qui accompagnent la venue de l'inspiration :

« *Qui est-ce qui mêle sa voix au torrent qui tombe de la montagne ? Qui est-ce qui sent le sublime d'un lieu désert ? Qui est-ce qui s'écoute dans le silence de la solitude ? C'est lui. Notre poète habite sur les bords d'un lac. Il promène sa vue sur les eaux, et son génie s'étend. C'est là qu'il est saisi de cet esprit, tantôt tranquille et tantôt violent, qui soulève son âme ou qui l'apaise à son gré...* [...] *L'enthousiasme naît d'un objet de la nature. Si l'esprit l'a vu sous des aspects frappants et divers, il en est occupé, agité, tourmenté. L'imagination s'échauffe. La passion s'émeut. On est successivement étonné, attendri, indigné, courroucé. Sans l'enthousiasme, ou l'idée véritable ne se présente pas ; ou si par hasard on la rencontre, on ne peut la poursuivre... Le poète sent le moment de l'enthousiasme. C'est après qu'il a médité. Il s'annonce en lui par un frémissement qui part de sa poitrine, et qui passe d'une manière délicieuse et rapide jusqu'aux extrémités de son corps. Bientôt ce n'est plus un frémissement. C'est une chaleur forte et permanente qui l'embrase, qui le fait haleter, qui le consume, qui le tue ; mais qui donne l'âme, la vie à tout ce qu'il touche. Si cette chaleur s'accroissait encore, les spectres se multiplieraient devant lui. Sa passion s'élèverait presque au degré de la fureur. Il ne connaîtrait de soulagement qu'à verser au-dehors un torrent d'idées qui se pressent, se heurtent, et se chassent. »*

*Dorval et moi. Second entretien sur le Fils naturel* (1757)

Cette évocation fortement sexualisée de l'activité poétique souligne l'origine corporelle de l'inspiration : elle sourd du plus intime de l'individu-poète. L'enthousiasme (Diderot reprend avec insistance le terme platonicien) ne révèle plus la descente en l'homme d'un souffle divin, mais un paroxysme de l'échauffement des sens. Il est comme une pulsion profonde qui sourd du plus intime de l'être. Le Romantisme reprend et développe cette conception, en lui prêtant (souvent, sinon toujours) une formulation plus réservée :

*« La poésie, c'est le chant intérieur.* [...]. *Je passe quelques heures assez douces à épancher sur le papier, dans ces mètres qui marquent la cadence et le mouvement de l'âme, les sentiments, les idées, les souvenirs, les tristesses, les impressions dont je suis plein... »*

Lamartine, Préface des *Recueillements poétiques* (1839)

Musset a multiplié les formules pour définir cette poésie-effusion, qui tend à se confondre avec l'expérience existentielle de l'homme-poète : *« L'art, c'est le sentiment » ; « le cœur seul est poète » ; « ah ! frappe-toi le cœur, c'est là qu'est le génie » ; « les plus désespérés sont les chants les plus beaux ».* Musset prolonge cette conception lyrique (la poésie lyrique exprime les sentiments intimes de l'individu) de l'inspiration sous la forme de l'extravagant apologue du pélican, dans *La Nuit de Mai* (1835). Pour nourrir ses petits affamés, le pélican s'ouvre le cœur et leur fait manger ses entrailles :

*Le sang coule à longs flots de sa poitrine ouverte ;*
*En vain il a des mers fouillé la profondeur ;*
*L'Océan était vide et la plage déserte ;*
*Pour toute nourriture il apporte son cœur.*
*Sombre et silencieux, étendu sur la pierre*

*Partageant à ses fils ses entrailles de père,*
*Dans son amour sublime il berce sa douleur,*
*Et, regardant couler sa sanglante mamelle,*
*Sur son festin de mort il s'affaisse et chancelle,*
*Ivre de volupté, de tendresse et d'horreur.*
(...)
*Poète, c'est ainsi que font les grands poètes.*
*Ils laissent s'égayer ceux qui vivent un temps ;*
*Mais les festins humains qu'ils servent à leurs fêtes*
*Ressemblent la plupart à ceux des pélicans.*

Ainsi, le poète, qui vit et souffre plus intensément, offre le sacrifice de sa vie pour le plaisir cannibale des lecteurs. Mais cette image du « sang du poète », répandu pour ou vampirisé par le lecteur, se prête à plusieurs interprétations. On la retrouve chez Victor Hugo, dans un poème des *Contemplations* (« Le poëme éploré se lamente ») :

*Le poëte a saigné le sang qui sort du drame (...)*
*Il pleure, et, s'arrachant les entrailles, les met*
*Dans son drame (...)*

Comme aussi chez Baudelaire, dans un sonnet des *Fleurs du Mal* (« La Fontaine de Sang ») :

*Il me semble parfois que mon sang coule à flots,*
*Ainsi qu'une fontaine aux rythmiques sanglots.*
*Je l'entends bien qui coule avec un long murmure,*
*Mais je me tâte en vain pour trouver la blessure.*

*À travers la cité, comme dans un champ clos,*
*Il s'en va, transformant les pavés en îlots,*
*Et partout colorant en rouge la nature.*

Quand cette imagerie sanglante se souvient que le pélican, pour l'iconographie chrétienne, est symbole du Christ, elle fait du poète l'être qui se sacrifie sur l'autel des mots, offrant le spectacle de ses souffrances pour l'édification des lecteurs. Le poème devient le lieu de la mise à mort du poète. Ce thème a connu de nombreux, sombres et parfois superbes développements. Mais à l'époque romantique, il sert surtout à souligner comment la poésie se nourrit du biographique. Cette conception soulève pourtant bien des objections, car ce n'est pas avec des pleurs qu'on fait un poème, mais avec des mots. Valéry, mieux que d'autres, a montré l'impossibilité de confondre le poème avec la vie du poète : *« Toute la passion du monde, tous les incidents, même les plus émouvants, d'une existence sont incapables du moindre beau vers. » (Villon et Verlaine,* 1937, repris dans *Variété)*

## L'INSPIRATION SELON PAUL CLAUDEL

Dans une lettre suscitée par deux livres de l'abbé Brémond *(La Poésie pure ; Poésie et prière)*, Paul Claudel en vient à distinguer plusieurs valeurs du mot *inspiration*. Si l'on suit Claudel, l'inspiration sera aussi bien une vocation ou un don, une impulsion du corps et du désir, et, plus subtilement, la faculté d'animer le langage, de réveiller la langue endormie.

« [...] *on peut prendre le mot d'*inspiration *dans trois sens différents.*

*« Le premier est un sens général qui se rapprocherait assez de celui de vocation. L'aptitude à faire, à rejoindre l'imagination au désir par un ajustement de mots, est un don de la nature.* "Nascuntur poetae". *"S'il n'a reçu du ciel l'influence secrète..." Vous citez, on citerait, à ce sujet, des textes innombrables. En ce sens on dit que le poète est un inspiré. En effet, c'est comme si du dehors tout à coup une haleine soufflait sur les dons latents pour en tirer lumière et efficacité, amorçait en quelque sorte notre capacité verbale. Le souffle ne servirait à rien s'il n'y avait pas de charbons pour le traduire et si ces charbons ne se trouvaient pas dans une disposition préalable.*

*« Le second sens se rapporte à l'inspiration actuelle. Le poète a été mis en train, suivant un mode sur lequel les études du P. Jousse ont jeté une certaine lumière, par une espèce d'excitation rythmique, de répétition et de balancement verbal, de récitation mesurée, un peu à la manière des vociférateurs populaires de l'Orient. On le voit qui se frotte les mains, qui se promène de long en large, il bat la mesure, il grommelle quelque chose entre ses dents. Et peu à peu, sous cette impulsion régulière, entre les deux pôles de l'imagination et du désir, le flot des paroles et des idées commence à jaillir.* [...]

*« En un mot, la poésie ne peut exister sans l'émotion ou, si l'on veut, sans un mouvement de l'âme qui règle celui des paroles* [...]

*« En ce second sens du mot que je dis, on peut penser que l'inspiration se prend à cette faculté de l'âme que les scolastiques appellent le Concupiscible et l'Irascible. De même qu'avant la voix il y a le souffle, avant l'expression il y a le désir de s'exprimer et cette poussée de l'âme qui se traduit chez l'homme par des mots comme elle se traduit chez l'animal par des cris et par des chants. Mais dans ce souffle même, dans ce désir, il y a de l'ordre et l'intelligence y est intéressée.*

*Mais il y a un troisième sens beaucoup plus subtil du mot* inspiration, *et c'est ici que l'expression* poésie pure *employée par vous reçoit toute sa justification. L'habitude est, comme on dit, une seconde nature. Cela veut dire que nous employons dans la vie ordinaire les mots non pas proprement en tant qu'ils* signifient *les objets, mais en tant qu'ils les* désignent *et en tant que pratiquement ils nous permettent de les prendre et de nous en servir. Ils nous en donnent une espèce de réduction portative et grossière, une valeur, banale comme de la monnaie. Mais le poète ne se sert pas des mots de la même manière. Il s'en sert non pas pour l'utilité, mais pour constituer de tous ces fantômes sonores que le mot met à sa disposition, un tableau à la fois intelligible et délectable. L'habitude qui substitue à la nature réelle des choses une seconde nature, c'est-à-dire une valeur purement pratique, maniable et efficace, est devenue son ennemie, une ennemie qu'il faut dérouter et endormir, comme la flûte d'Hermès jadis fit pour le cruel Argus. C'est à quoi sert la répétition des sons, l'harmonie des syllabes, la régularité des rythmes et tout le chant prosodique. Une fois que la partie de l'âme ouvrière, quotidienne et servile, est ainsi assujettie et occupée,* Anima *s'avance librement au milieu des choses pures d'un pas infiniment léger et rapide.* »

(*Lettre à l'abbé Brémond sur l'inspiration poétique*, 1927, in *Positions et Propositions*)

Paradoxalement, l'idéal d'une poésie où l'inspiration se définit comme exhibition de l'originalité (douloureuse) d'une expérience individuelle semble s'accomplir dans les cris et les convulsions d'Antonin Artaud (1896-1948), dans son combat désespéré pour arrêter le flux de la pensée qui le fuit. Artaud vit et dit l'inspiration sur le mode négatif. Il ne la saisit que comme manque et ne peut qu'exposer les lambeaux de son esprit dans les spasmes d'un langage désarticulé :

*« Je dis la poésie poésie, la poésie poétique* itique, *hoquet joli sur fond rouge saignant, le fond refoulé en poématique, le poématique du réel sursaignant. Car* après, *dit « poématique », après viendra le temps du sang. Puisqu'*ema, *en grec, veut dire sang, et que po-éma doit vouloir dire*

*après :*
*le sang,*
*le sang après.*
*Faisons d'abord* poème, *avec sang.*
*Nous mangerons le temps du sang. »*

A. Artaud, *Œuvres complètes,*
Gallimard, édit.

Rapprochement tentant : ce fragment d'Artaud, comme le poète-pélican de Musset, exhibe une dépouille sanglante. Mais, si le poète romantique vise à rendre sublime l'évocation du corps supplicié, les balbutiements d'Antonin, ses halètements sarcastiques interdisent tout alibi esthétique, toute sensiblerie pleurnicheuse. Et surtout, l'expérience écorchée d'Artaud tient à son combat avec les mots (sa divagation sur l'étymologie de *poème !*) : l'aventure qu'il transcrit est d'abord une descente aux enfers à l'intérieur du langage. Les romantiques, au contraire, laissent croire que l'essence du poétique se condense dans l'émotion ou la sensation, au-delà des mots.

## LIEUX DE L'INSPIRATION

Si l'on refuse les définitions (réductrices) de l'inspiration comme faveur divine ou intensité vécue, une troisième voie se propose d'approcher le lieu d'où surgit l'illumination poétique : ce territoire inconnu que découvrent, explorent ou revisitent les poètes s'identifie au souvenir, au rêve, à l'inconscient...

## L'ENFANCE

Nerval, Baudelaire, Hugo, Lamartine, Éluard... et tant d'autres assignent au poète le pouvoir de ressusciter le passé. Une fois de plus, l'inspiration poétique est fille de Mémoire. Mais il est des souvenirs que le filtre poétique retient mieux que les autres : ce sont ceux qui raniment les couleurs de l'enfance, la part la plus profonde et la plus secrète de chaque être. *« L'enfance retrouvée »* (Baudelaire), *« l'enfance maîtresse »* (Éluard) ou *« le royaume d'enfance »* (Senghor) constituent un domaine préservé où la lecture des poètes nous invite à pénétrer. On s'enchante avec Hugo du jardin des Feuillantines, avec Baudelaire du *« vert paradis des amours enfantines »*, avec Robert Desnos des *Chantefables* qui rythment les jeux et les saisons. Une théorie (psychologiste et réductrice) a cru pouvoir en conclure que l'œuvre poétique manifestait une régression à l'enfance : elle exprimerait à travers des obsessions thématiques la récurrence d'un traumatisme enfantin (cf. J.-P. Weber, *Genèse de l'œuvre poétique*). C'est revenir à la conception de l'inspiration-intensité émotive et c'est ne pas voir que la convergence entre la poésie et l'enfance tient peut-être davantage à une communauté d'attitude envers le langage : l'enfant comme le poète n'a pas peur des mots ; il joue avec eux, s'émerveille de leurs pouvoirs et en expérimente de nouveaux.

## LE RÊVE

L'analogie entre le rêve et la poésie a été dès longtemps reconnue. Car le rêve, comme l'inspiration, suppose l'action d'une puissance, apparemment extérieure à l'individu, qui lui impose un flux d'images ou de mots. André Breton rapporte que le poète Saint-Pol Roux faisait placer, sur la porte de sa chambre, au moment de s'endormir, un écriteau sur lequel on pouvait lire : *« Le poète travaille »*. Le poète est bien ce *« rêveur définitif »* qu'évoque le même Breton : celui qui déchire son masque inexpressif d'homme éveillé, pour laisser parler les grandes voix de la Nuit : le Nerval d'*Aurélia,* Hugo effaré des révélations de la Bouche d'Ombre, Desnos qui rêvait des poèmes à volonté. Les romantiques allemands tenaient le rêve et la poésie (parfois confondus) comme deux voies parallèles pour retrouver, par-delà le monde de la chute et de l'histoire où nous sommes relégués, le chemin du Paradis perdu et de l'unité originelle. Avec le Surréalisme, le « récit de rêve » devient un genre poétique autonome, pratiqué avec ferveur.

## LA RÊVERIE

Indécise, proche de l'état de veille et cependant presque passive, la rêverie fournit au poète la matière que façonne son imagination. Un des courants les plus féconds de la critique contemporaine s'est fixé la tâche d'explorer cette rêverie sous-jacente, ce substrat matériel de la création poétique. Gaston Bachelard montre comment l'imagination du poète rêve la réalité à partir de catégories mythiques fournies par l'ancienne physique des quatre éléments. Directement influencé par la phénoménologie, Georges Poulet analyse la perception poétique du temps et de l'espace. Jean-Pierre Richard veut saisir la thématique qui se construit à partir des sensations premières par lesquelles le poète appréhende le monde.

Gaston Bachelard étudie par exemple ce qu'il appelle le *« complexe d'Ophélie »* où l'eau devient *« élément mélancolisant » :*

*« À quelle profondeur philosophique peut atteindre un poète qui accepte la leçon totale de la rêverie, on en jugera si l'on revit cette admirable image de Paul Éluard :*

*J'étais comme un bateau coulant dans l'eau fermée,*
*Comme un mort je n'avais qu'un unique élément.*

*« L'eau fermée prend la mort en son sein. L'eau rend la mort élémentaire. L'eau meurt avec le mort dans sa substance. L'eau est alors un* néant substantiel. *On ne peut aller plus loin dans le désespoir. Pour certaines âmes,* l'eau est la matière du désespoir. »

*L'Eau et les Rêves* (1940),
José Corti, édit.

Jean-Pierre Richard commence ainsi une étude sur Saint-John Perse :

*« Palmes !*
*Alors on te baignait dans l'eau-de-feuilles-vertes ; et l'eau encore était du soleil vert...* *(Éloges)*

*« Dès les premiers mots qui ouvrent le premier recueil de Saint-John Perse, s'élève ainsi comme une action de grâces au simple bonheur de sentir. Pleinement satisfaisante cette sensation, car à la fois elle s'épanouit en nous et elle nous enveloppe. On la voit ici s'ouvrir, s'exclamer comme la feuille d'un palmier, avant de nous enfoncer dans la fraîcheur végétale d'une eau-feu. Ailleurs, et de toutes parts dans les premiers poèmes, se prodigueront de tels bains, de telles exclamations glorieuses. Comme le monde de Rimbaud, ou celui de Gauguin, à qui on l'a quelquefois comparé, l'univers de Perse manifeste dès sa naissance, et à un étonnant degré, les qualités primitives de vigueur, de verdeur et de fertilité. »*

J.-P. Richard, *Onze études sur la poésie moderne* (1964),
Seuil, édit.

De telles analyses ramènent peu à peu à la conception de l'inspiration comme réaction émotive ou sensible. En fait, l'analogie entre la poésie et le rêve se tient aussi à un niveau plus concret : cette homologie de fonctionnement entre le *« travail du rêve »* selon Freud et les figures poétiques. L'inspiration, c'est ce qui fait rêver le langage.

## L'INCONSCIENT

On a donc cru devoir localiser l'origine de l'inspiration dans l'insconcient. C'est de cette reconnaissance que naît le Surréalisme, d'après la définition fondatrice d'André Breton, dans le *Premier manifeste du Surréalisme* (1924) :

*« Surréalisme, n. m. Automatisme psychique pur par lequel on se propose d'exprimer, soit verbalement, soit par écrit, soit de toute autre manière, le fonctionnement réel de la pensée. Dictée de la pensée, en l'absence de tout contrôle exercé par la raison, en dehors de toute préoccupation esthétique ou morale. »*

*« Le surréalisme est à la portée de tous les inconscients »*, proclamait un tract distribué dans la rue. André Breton a raconté comment une expérience décisive lui avait permis d'enregistrer cette « dictée » de l'inconscient qui, généralement, reste inentendue :

*« Un soir donc, avant de m'endormir, je perçus, nettement articulée au point qu'il était impossible d'y changer un mot, mais distraite cependant du bruit de toute voix, une assez bizarre phrase qui me parvenait sans porter trace des événements auxquels, de l'aveu de ma conscience, je me trouvais mêlé à cet instant-là, phrase qui me parut insistante, phrase oserai-je dire qui* cognait à la vitre. *J'en pris rapidement notion et me disposais à passer outre quand son caractère organique me retint. En vérité cette phrase m'étonnait ; je ne l'ai malheureusement pas retenue jusqu'à ce jour, c'était quelque chose comme : "Il y a un homme coupé en deux par la fenêtre".* [...] *Je me rendis compte que j'avais affaire à une image d'un type assez rare et je n'eus vite d'autre idée que de l'incorporer à mon matériel de construction poétique. Je ne lui eus pas plus tôt accordé ce crédit que d'ailleurs elle fit place à une succession à peine intermittente de phrases qui ne me surprirent guère moins et me laissèrent sous l'impression d'une gratuité telle que l'empire que j'avais pris jusque-là sur moi-même me parut illusoire* [...].

A. Breton, *Premier manifeste du Surréalisme*,
Gallimard, édit.

L'expérience rapportée par Breton rejoint très exactement celle qu'évoque Mallarmé dans le poème en prose *Le Démon de l'Analogie* (1864) :

*« Des paroles inconnues chantèrent-elles sur vos lèvres, lambeaux maudits d'une phrase absurde ?*

*Je sortis de mon appartement avec la sensation propre d'une aile glissant sur les cordes d'un instrument, traînante et légère, que remplaça une voix prononçant les mots sur un ton descendant : « La Pénultième est morte », de façon que*

*LA PÉNULTIÈME*

*finit le vers et*

*EST MORTE*

*se détacha de la suspension fatidique plus inutilement en le vide de signification* [...] »

S. Mallarmé, *Œuvres complètes*,
coll. La Pléiade, Gallimard, édit.

Mallarmé et Breton présentent le surgissement de phrases inconnues ou de lambeaux de vers comme un phénomène hallucinatoire. Le poète se laisse envahir par des voix ; ça parle à travers lui ; il devient secrétaire de l'inconscient. Dès 1919, avec *Les Champs magnétiques,* écrits en collaboration par André Breton et Philippe Soupault, l' *« écriture automatique »* recueille précieusement la dictée intérieure. Tout au long de l'aventure surréaliste, elle reste la pierre de touche de la fidélité au mouvement. Même si l'écoute du message automatique peut être facilitée ou provoquée par différentes techniques (Breton les évoque dans le *Premier manifeste*), elle demeure toujours un don gratuit que seuls permettent une disponibilité totale et l'abandon de soi-même. La main du poète-scribe doit être un *« appareil enregistreur »,* un *« marteau sans maître »* (c'est le titre d'un recueil poétique de René Char (1934) qui souligne le caractère impersonnel de la poésie automatique).

L'écriture automatique possède les caractères essentiels que la tradition attribue à l'inspiration : la spontanéité et la gratuité. Elle est une évidence immédiate reçue comme une grâce. (Plusieurs titres de Paul Éluard — *La Vie immédiate, l'Évidence poétique* — traduisent cette attente d'une révélation absolue.) Mais elle se situe toujours résolument à l'intérieur du langage. Comme une tentative de subversion de l'usage habituel et réducteur du langage, quand il sert de prison ou de bâillon pour occulter la voix des profondeurs. Le mouvement dada avait, dès 1917, systématiquement critiqué la conception idéaliste des rapports entre la pensée et le langage : il refusait de soumettre le langage à une pensée préexistante, hiérarchiquement et ontologiquement supérieure. Tristan Tzara (1896-1963) résumait ces attaques dans une formule sans appel : *« La pensée se fait dans la bouche. »* Le Surréalisme poursuit l'offensive et libère les mots pour libérer la pensée.

## LA POÉSIE FAITE PAR TOUS

Cette confiance absolue en l'inspiration aboutit à un renversement non moins absolu du statut du poète. Loin d'être réservée à quelques âmes d'exception, mystérieusement élues pour relayer la parole divine, l'activité poétique devient la chose du monde la mieux partagée. Tout homme peut être poète, puisqu'il suffit de prêter sa main à la dictée des grandes voix inconscientes, inconnues, oubliées, occultées. En accordant à chacun le privilège de l'inspiration, le Surréalisme donne tout son sens à la formule de Lautréamont (1846-1870) :

*La poésie doit être faite par tous. Non par un.*

De plus, si l'on donne la primauté à l'écoute des voix intérieures, le critère de réussite poétique ne tiendra plus à la perfection formelle, mais à la qualité d'authenticité et à la puissance bouleversante du message reçu.

## L'ÉCRITURE AUTOMATIQUE

Dans le premier *Manifeste du Surréalisme* (1924), André Breton donne les « *secrets de l'art magique surréaliste* », c'est-à-dire d'abord la « recette » de l'écriture automatique :

« *Faites-vous apporter de quoi écrire, après vous être établi en un lieu aussi favorable que possible à la concentration de votre esprit sur lui-même. Placez-vous dans l'état le plus passif, ou réceptif, que vous pourrez. Faites abstraction de votre génie, de vos talents et de ceux de tous les autres. Dites-vous bien que la littérature est un des plus tristes chemins qui mènent à tout. Écrivez vite sans sujet préconçu, assez vite pour ne pas retenir et ne pas être tenté de vous relire. La première phrase viendra toute seule, tant il est vrai qu'à chaque seconde il est une phrase étrangère à notre pensée consciente qui ne demande qu'à s'extérioriser. Il est assez difficile de se prononcer sur le cas de la phrase suivante ; elle participe sans doute à la fois de notre activité consciente et de l'autre, si l'on admet que le fait d'avoir écrit la première entraîne un minimum de perception. Peu doit vous importer, d'ailleurs ; c'est en cela que réside, pour la plus grande part, l'intérêt du jeu surréaliste. Toujours est-il que la ponctuation s'oppose sans doute à la continuité absolue de la coulée qui nous occupe, bien qu'elle paraisse aussi nécessaire que la distribution des nœuds sur une corde vibrante. Continuez autant qu'il vous plaira. Fiez-vous au caractère inépuisable du murmure. Si le silence menace de s'établir pour peu que vous ayez commis une faute : une faute, peut-on dire, d'inattention, rompez sans hésiter avec une ligne trop claire. À la suite du mot dont l'origine vous semble suspecte, posez une lettre quelconque, la lettre* l *par exemple, toujours la lettre* l, *et ramenez l'arbitraire en imposant cette lettre pour initiale au mot qui suivra.* »

On comprend à quoi tendent les diverses consignes données par Breton (passivité absolue du sujet réduit au statut d' « *appareil enregistreur* », suppression de tous les contrôles, filtrages, censures qui fausseraient le surgissement du message automatique, recours à l'arbitraire comme garant de l'automatisme) : il s'agit d'obtenir une coulée verbale d'une pureté totale.
L'expérience la plus aboutie d'écriture automatique fut aussi la première : la notation en commun par André Breton et Philippe Soupault, au printemps 1919, des textes des *Champs magnétiques*. Ces textes ont frappé par la jubilation de l'écriture, par l'émotion qui la porte, par la variété des images inattendues, par leurs effets troublants :

« *Petits sifflets. Je t'ai bien aimée aussi, banlieue avec tes pavillons de chagrins, ton désolant jardinage. Lotissement des terrains, j'ai votre plan dans de petites agences désertes. Le droit de pêche est compris. Voyage aller et retour en troisième s'effectuant au rappel de la leçon du lendemain ou des grands pièges bleus de la journée. Je me défie toujours un peu des gares rayonnantes et même des salles d'attente tempérées, du poinçonnage énigmatique des billets. Mais je tends une main charmante au moment de monter dans l'odeur de chèvrefeuille.* (...) »

Ce qu'André Breton attend de l'écriture automatique, c'est d'abord « *le nettoyage définitif de l'écurie d'Augias* », le congé donné à la conception qui fait de la littérature une activité concertée et réglée, un travail volontaire et contrôlé. L'écriture automatique doit fonctionner comme une machine de guerre contre

l'esthétique bourgeoise. Elle se situe donc au-delà d'une activité littéraire traditionnelle, elle se veut pure expérience de la liberté de l'imagination. Elle s'accorde ainsi avec l'inspiration fondamentale du surréalisme : sa « *volonté d'ouvrir toutes grandes les écluses* ».
Si l'écriture automatique apparaît comme la voie royale dans l'exploration du « *fonctionnement réel de la pensée* », elle apporte aussi des révélations sur le moi profond du sujet. Produit de l'inconscient, le texte automatique donne des matériaux pour une analyse de ces régions de l'être où surgit le désir, où s'élaborent fantasmes et mythes.
Enfin, Breton espère que l'écriture automatique va participer à l'entreprise générale de transformation du monde qui est l'ambition suprême du surréalisme. L'étrangeté des textes automatiques, leur « *absurdité immédiate* » aux yeux mêmes de leurs auteurs oblige à reconsidérer l'interprétation du monde que nous livre le langage utilitaire. L'écriture automatique doit ouvrir sur l'inconnu.
Cependant, dès 1933, André Breton doit reconnaître une certaine déception : l'histoire de l'écriture automatique dans le mouvement surréaliste serait « *celle d'une infortune continue* ». En effet, la pratique d'un automatisme réel de l'écriture s'est révélée plus difficile que prévu. Certains y ont réintroduit le souci esthétique en n'y voyant qu'un facile pourvoyeur d'effets littéraires nouveaux. D'autres se sont montrés indignes de la merveilleuse découverte *(« Si vous écrivez, suivant une méthode surréaliste, de tristes imbécillités, ce sont de tristes imbécillités »,* constate Aragon dans le *Traité du Style).* L'expérience, enfin, n'était pas sans danger : glissement vers l'hallucination, risque de scission de la personnalité...
Il n'y a peut-être pas de texte automatique absolument pur. L'écriture automatique reste une exigence : le désir d'une situation-limite, d'une transgression des limitations langagières de l'homme. C'est en quoi elle est pour André Breton la poésie même : mise à l'épreuve par l'homme, dans l'expérience du langage, de sa propre liberté.

« *En certaines images, il y a déjà l'amorce d'un tremblement de terre* », dit Breton. Et dans un passage du *Second manifeste* (1930), où il présente l'essence du Surréalisme comme un effort pour « *remettre en faveur l'inspiration* », il précise qu' « *il* (le surréalisme) *ne tient et ne tiendra jamais à rien tant qu'à reproduire artificiellement ce moment idéal où l'homme, en proie à une émotion particulière, est soudain empoigné par ce "plus fort que lui" qui le jette, à son corps défendant, dans l'immortel* ».

Breton a multiplié les textes où la reconnaissance de la beauté se manifeste par un trouble physiologique, souvent exprimé par des images sexualisées :

« *J'avoue sans la moindre confusion mon insensibilité profonde en présence des spectacles naturels et des œuvres d'art qui, d'emblée, ne me procurent pas un trouble physique caractérisé par la sensation d'une aigrette de vent aux tempes susceptible d'entraîner un véritable frisson. Je n'ai jamais pu m'empêcher d'établir une relation entre cette sensation et celle du plaisir érotique et ne découvre entre elles que des différences de degré.* »

*L'Amour fou* (1937)

L'amour et la poésie tendent à se confondre, comme dans le titre du recueil de Paul Éluard, *L'Amour la Poésie* (1929), où l'absence de ponctuation établit entre les deux termes un rapport de réversibilité. Ou comme dans le vers triomphant d'André Breton :

*La poésie se fait dans un lit comme l'amour*

En l'occurrence, c'est bien la confiance donnée à tous les pouvoirs que le rêve libère qui permet d'associer la poésie et l'amour.

Tout abandon de l'esprit à l'automatisme de l'inconscient (et cet abandon seul) conduit-il à la *« beauté convulsive »* recherchée par Breton ? Toutes les productions de l'inconscient ont-elles la même valeur (mesurée à l'intensité du frisson ressenti) ? La réponse sera doublement négative. L'expérience de la fréquentation des textes automatiques montre que certains accrochent et agissent sur le lecteur ; tandis que d'autres, beaucoup d'autres, fonctionnent dans le vide : parce que l'inconcient, lui aussi, est paresseux ; lorsqu'on laisse l'esprit battre la campagne, il se réfugie trop vite dans la sécurité des ornières déjà tracées ; l'automatisme de l'inconscient cède à l'inconsistance des automatismes (Breton lui-même a regretté l'existence d'un *« poncif surréaliste »*). D'autre part, au cours de l'évolution historique du mouvement surréaliste, certains (Aragon, Éluard), nostalgiques des formes traditionnelles du travail poétique dès leurs années de surréalisme orthodoxe, se sont écartés de la pratique stricte de l'écriture automatique.

Pour que celle-ci conserve une valeur (et tel est le projet de Breton), il faut s'y prêter en ascète : toutes les scories qui brouillent la pureté de l'automatisme verbal doivent être éliminées. Il faut donc que l'esprit, éveillé, conscient, travaille à écarter toute censure, et toute impureté, de l'écriture automatique. Conscience et inconscient, inspiration et travail doivent collaborer à la production des textes automatiques, ramenés des profondeurs de l'inconscient sous la garantie de la conscience, proposés à son appréciation et, parfois, acceptés comme guides du travail poétique. Paul Valéry affirmait que *« celui-même qui veut écrire son rêve se doit d'être infiniment éveillé. »* Ajoutons : qui veut explorer l'inconscient se doit de demeurer parfaitement conscient ; qui veut l'inspiration se doit d'accepter le travail.

## L'IMAGE

Fruit le plus direct de la théorie surréaliste de l'inspiration, l'image tend à devenir signe distinctif de la poésie moderne : un texte se définit comme poétique par sa forte teneur en images. Aragon, dans *Le Paysan de Paris* (1926), mettait déjà l'image au centre de la pratique surréaliste : *« Le vice appelé* Surréalisme *est l'emploi déréglé et passionnel du stupéfiant* image. » C'est dans le *Premier manifeste* qu'André Breton propose une définition de l'image, reprise d'ailleurs de Pierre Reverdy :

*« L'image est une création pure de l'esprit.*

*« Elle ne peut naître d'une comparaison mais du rapprochement de deux réalités éloignées.*

*« Plus les rapports des deux réalités rapprochées seront lointains et justes, plus l'image sera forte — plus elle aura de puissance émotive et de réalité poétique... »*

Breton retient surtout l'idée que l'intensité du court-circuit poétique provoquée par l'image, rapprochement de deux réalités distantes, est proportionnelle à cette distance même. Il se situe dans le droit fil de l'esthétique de la surprise (Baudelaire ou Apollinaire). Mais l'efficacité de l'image surréaliste ne tient guère à cette recherche frénétique du bizarre : trop de surprise ne surprend plus. Le rapprochement d'objets insolites est devenu *le* poncif surréaliste : truc d'étalagiste pour décorer les vitrines du commerce. Ces images mécaniques ont été dénoncées par le romancier J.M.G. Le Clézio (*Le Procès-verbal,* 1963) : *« Vous savez, moi je fais tout comme ça. La terre est bleue comme une orange, mais le ciel est nu comme une pendule, l'eau rouge comme un grêlon. »*

Ce qui fait la force de l'image, c'est sa *« vitesse de transmission »* (G. Mounin, *La Communication poétique*). Elle est un court-circuit, qui entrechoque les mots, désarticule la syntaxe, abandonne la logique : ainsi empêche-t-elle une émotion de se dissoudre dans l'enchaînement du langage ordinaire. L'étude des brouillons d'Apollinaire (M. Décaudin, *Le Dossier Alcools,* 1960) montre comment surgit une image fulgurante : après avoir essayé plusieurs formules développées *(Soleil levant cou tranché* ou *Le soleil est là avec sa tête coupée/c'est un cou tranché),* le poète choisit comme « finale » de *Zone* le raccourci le plus brutal : *« Soleil cou coupé. »*

C'est l'extrême concentration de l'image (si l'on préfère : l'exactitude de sa forme) qui produit sa force poétique. Son sens se perd si on essaie de la traduire en d'autres termes. André Breton l'a souligné dans une anecdote devenue proverbiale :

*« Il s'est trouvé quelqu'un d'assez malhonnête pour dresser un jour, dans une notice d'anthologie, la table de quelques-unes des images que nous présente l'œuvre d'un des plus grands poètes vivants* [il s'agissait de Saint-Pol-Roux] ; *on y lisait :*

Lendemain de chenille en tenue de bal *veut dire : papillon.*

Mamelle de cristal *veut dire : une carafe.*

*Etc. Non, monsieur,* ne veut pas dire. *Rentrez votre papillon dans votre carafe. Ce que Saint-Pol-Roux a voulu dire, soyez certain qu'il l'a dit. »*

A. Breton, *Introduction au discours sur le peu de réalité* (1924),
repris dans *Point du Jour,* coll. Idées, Gallimard, édit.

Le poète mexicain Octavio Paz (dans *L'Arc et la Lyre,* 1955) a systématisé le point de vue de Breton, en soulignant que *« le sens de l'image est l'image même »* et que *« le poète ne veut pas dire : il dit ». « L'expérience poétique est irréductible à la parole et cependant seule la parole l'exprime.*

*L'image réconcilie les contraires, mais cette réconciliation ne peut être expliquée par les mots — sinon ceux de l'image, qui ont cessé d'être des mots. L'image est ainsi un recours désespéré contre le silence qui nous envahit chaque fois que nous tentons d'exprimer la terrible expérience de ce qui nous entoure et de nous-mêmes (...) En deçà de l'image gît le monde de la langue courante, des explications et de l'histoire. Au-delà s'ouvrent les portes du réel : signification et non-signification deviennent des termes équivalents. Tel est le sens ultime de l'image : elle-même.* »

## UNE FAUSSE ALTERNATIVE

Si l'image, surgie dans l'intensité d'une illumination, se referme sur elle-même, dans l'éclat irréfutable de son agencement verbal, son secret réside dans le travail des mots sur eux-mêmes. C'est l'indice qu'il faut peut-être refuser l'alternative « inspiration/travail ». Vigny, dans son *Journal d'un poète,* définissait la poésie comme *« l'Enthousiasme cristallisé »*. La formule associe les deux faces opposées et inséparables du phénomène poétique : possession et passion du poète saisi par plus fort que lui, maîtrise du langage porté à sa plus haute brillance. Ce qui conduirait à penser que les poétiques ne s'opposent pas par le choix d'un des deux termes à l'exclusion de l'autre, mais par l'importance proportionnelle accordée à l'un et à l'autre. Si l'équilibre se rompt, la poésie risque de disparaître. Accorder tout à l'inspiration, à l'écriture automatique par exemple, c'est déclencher un déluge verbal qui peut noyer la communication. Mais quand le métier est tout, le poème peut se réduire à une architecture factice qui ne communique rien.

L'art poétique de Baudelaire illustre bien l'impossibilité de répudier l'inspiration comme le travail. *« L'inspiration est décidément la sœur du travail journalier »* (*Conseils aux jeunes littérateurs,* 1846). La nature de l'inspiration la rapproche tantôt de l'imagination, *« faculté quasi divine qui perçoit tout d'abord, en dehors des méthodes philosophiques, les rapports intimes et secrets des choses, les correspondances et les analogies »* (*Notes nouvelles sur Edgar Poe,* 1857), tantôt d'un pouvoir d'émerveillement quasi pathologique, qui apparente le poète à l'enfant, au drogué ou au malade mental : *« L'enfant voit tout en* nouveauté ; *il est toujours ivre. Rien ne ressemble plus à ce qu'on appelle l'inspiration, que la joie avec laquelle l'enfant absorbe la forme et la couleur. J'oserai pousser plus loin ; j'affirme que l'inspiration a quelque rapport avec la* congestion, *et que toute pensée sublime est accompagnée d'une secousse nerveuse plus ou moins forte, qui retentit jusque dans le cervelet »* (*Le peintre de la vie moderne,* 1863). Mais l'homme de génie ne se laisse pas dominer par l'inspiration ; il retrouve *« à volonté »* l'esprit d'enfance, et sa raison *« lui permet d'ordonner la somme des matériaux involontairement amassés »*. Baudelaire avait trouvé en Edgar Poe le modèle du poète inspiré complétant ou corrigeant l'inspiration par le travail : *« ... il aimait aussi le travail plus qu'aucun autre ; il répétait volontiers, lui, un original achevé, que l'originalité est chose d'apprentissage, ce qui ne veut pas dire une chose qui peut être transmise par l'enseignement* ».

Paul Valéry, lui, suspecte l'inspiration. Il semble même lui refuser tout crédit : « *L'enthousiasme n'est pas un état d'âme d'écrivain* » ; « *la véritable condition d'un véritable poète est ce qu'il y a de plus distinct de l'état de rêve* ». Pourtant beaucoup de ses poèmes semblent dire l'attente d'une surprise, d'une émotion, d'un ébranlement poétique, tout proches de ce que d'autres appellent l'inspiration :

*Viendra l'heureuse surprise :*
*Une colombe, la brise,*
*L'ébranlement le plus doux,*
*Une femme qui s'appuie,*
*Feront tomber cette pluie*
*Où l'on se jette à genoux !*

P. Valéry, *Palme,* in *Charmes* (1922)

Même Valéry ne parvient pas à éliminer l'inspiration. Elle est toujours présente, à la source du poème, comme un modèle avec lequel le travail se propose de rivaliser : « *Les dieux, grâcieusement, nous donnent* pour rien *tel premier vers ; c'est à nous de façonner le second, qui doit consonner avec l'autre, et ne pas être indigne de son aîné surnaturel. Ce n'est pas trop de toutes les ressources de l'expérience et de l'esprit pour le rendre comparable au vers qui fut un don.* »

*Au sujet d'Adonis,* 1921 (repris dans *Variété*)

## RÉFÉRENCES ET LECTURES COMPLÉMENTAIRES

Il faut lire d'abord les poètes. Qui parlera mieux qu'eux de l'inspiration et du travail ? On se reportera aux textes de Baudelaire, Mallarmé, Claudel, Valéry, Breton ou Paz cités dans la bibliographie générale, en fin de volume.

• *Sur le rêve et la poésie romantique*

A. Béguin, *L'Âme romantique et le rêve,* Paris, Corti, 1936 (plusieurs rééditions).

Devenu depuis longtemps un classique de la critique littéraire, cet ouvrage reste une admirable introduction à la connaissance du romantisme allemand.

• *Sur l'imagination poétique :*

G. Bachelard, *La Psychanalyse du feu,* Paris, Gallimard, 1938 (et coll. Folio-Essais).
G. Bachelard, *L'Eau et les rêves,* Paris, Corti, 1943.
G. Bachelard, *L'Air et les songes,* Paris, Corti, 1944.
G. Bachelard, *La Terre et les Rêveries du repos,* Paris, Corti, 1948.
G. Bachelard, *La Terre et les Rêveries de la volonté,* Paris, Corti, 1948.
G. Bachelard, *La Poétique de l'espace,* Paris, P.U.F., 1957.

Une introduction commode à l'œuvre de Bachelard peut être procurée par :

J.-C. Margolin, *Bachelard par lui-même,* Paris, Seuil, 1974.
G. Poulet, *Études sur le temps humain,* 4 vol., Paris, Plon, 1950-1968 (réédition en format de poche aux Éditions du Rocher).

On lira particulièrement dans le tome I l'étude sur Baudelaire, dans le tome II *(La Distance intérieure)* les chapitres sur V. Hugo et Mallarmé, dans le tome III *(Le Point de départ)* les analyses consacrées à René Char, Supervielle, Éluard, Saint-John Perse, Reverdy et Ungaretti.

J.-P. Richard, *Poésie et profondeur,* Paris, Seuil, 1955 (et coll. Points).
J.-P. Richard, *Onze études sur la poésie moderne,* Paris, Seuil, 1964 (et coll. Points).

Les chapitres sur Éluard et Saint-John Perse sont particulièrement suggestifs.

• *Sur l'écriture automatique :*

C. Abastado, « Écriture automatique et instance du sujet », *Revue des Sciences Humaines,* Lille, n° 4, 1981, pp. 59-75.
M. Bonnet, *André Breton. Naissance de l'aventure surréaliste,* Paris, Corti, 1975.

La revue *Change,* n° 7, 1970, a publié un dossier des *Champs magnétiques,* comprenant des notes ajoutées par Breton en marge du manuscrit.

# 3 *Prose et poésie*

D'où vient que certains textes, que l'on appelle des poèmes, exercent sur ceux qui les reçoivent des effets que ne procure pas normalement le langage ordinaire ? Il n'est rien de plus irritant que de vouloir définir cette puissance poétique et tracer la frontière où commence la poésie. Dans le domaine français, cette limite a été longtemps évidente, marquée par la versification.

Mais ce critère est devenu incertain : le vers libre, le verset, le poème en prose ont effacé la frontière. Réciproquement, des textes qui respectent parfaitement les règles de la métrique classique ne sont pas acceptés comme poèmes. Ainsi cette phrase qu'on pouvait lire naguère sur les portes des wagons du métro parisien :

*Le train ne peut partir que les portes fermées.*

Qui la reconnaît pour le vers qu'elle pourrait être : un alexandrin au rythme solide, soutenu par l'allitération en *p*- ? Et la phrase qui est devenue l'archétype de la prose : *« Nicole, apportez-moi mes pantoufles et me donnez mon bonnet de nuit »*. On a pu montrer qu'elle constitue un groupe de deux parfaites structures métriques de neuf syllabes et une réussite formelle impeccable (cf. Georges Mounin, *La Communication poétique*). Et pourtant Monsieur Jourdain a raison : c'est de la prose. Le respect de contraintes formelles ne suffit pas à déterminer la qualité poétique d'un texte.

## TRADUIRE LA POÉSIE ?

La différence entre prose et poésie ne tient pas plus aux « idées » véhiculées. *Le Cimetière marin* et *La jeune Tarentine* ne parlent pas d'une autre mort qu'un discours d'hommage funèbre. Mais le poème, plutôt que des idées, transmet une connaissance émotive. Ce que souligne René Char : *« Le poète, en sus de l'idée de la mort, détient en lui le poids de toute mort. »* Ce poids de la mort, cette émotion communiquée par le poème constituent l'essentiel de l'expérience poétique. Ils demeurent proprement intraduisibles. D'autant que toute manipulation du poème, changeant un mot ou altérant une syllabe, détruit ou du moins transforme l'effet poétique.

Rebuté par l' « hermétisme » du *Cimetière marin,* un amateur de poésie, le colonel Godchot, s'est essayé à le *« traduire en vers français » :*

*Première strophe du Cimetière marin*
avec la « traduction » du colonel Godchot

*Ce toit tranquille où marchent des colombes,*
Cette eau tranquille où glissent des colombes,
*Entre les pins palpite, entre les tombes ;*
Entre les pins palpite, entre les tombes ;
*Midi le juste y compose de feux*
Midi d'aplomb apaise de ses feux
*La mer, la mer toujours recommencée !*
La mer, la mer toujours renouvelée.
*O récompense après une pensée*
Ah ! quel bonheur ! détendre ma pensée
*Qu'un long regard sur le calme des dieux !*
Dans ce tableau calme comme les dieux !

Paul Valéry fut sensible à l'intrépidité de cette entreprise sans espoir ; il félicita par une lettre le *« colonel et cher confrère » : « Votre travail m'a fort intéressé par le scrupule qui y paraît de conserver le plus possible de l'original. »* Or c'est précisément par ce manque infime — la différence entre la totalité et *« le plus possible »* — que se désigne l'essence de la poésie. Valéry le savait bien : *« La poésie est l'ambition d'un discours qui soit chargé de plus de sens, et mêlé de plus de musique, que le langage ordinaire n'en porte et n'en peut porter »* (*Passage de Verlaine,* 1921, in *Variété*). Le projet des poètes modernes les plus conscients est de tendre au maximum cette distance ou cette opposition entre poésie et *« langage ordinaire »*. Valéry avait découvert chez Mallarmé la plus ferme *« intention de tenir le langage de la poésie toujours fortement, et presque absolument, distinct du langage de la prose. »* Naissant dans cette tension qui l'oppose au langage de communication, la poésie ne saurait être une forme particulière de prose. Les théories poétiques aujourd'hui dominantes conduisent à refuser l'idéal classique de Voltaire : *« La poésie est l'éloquence harmonieuse. »* La poésie n'est pas ou n'est plus un ornement ou une petite musique qui s'ajouterait à ce que la prose pourrait dire aussi pleinement. Inlassablement, Valéry est revenu sur cette réflexion. Notamment pour tenter d'expliquer le principe de sa poétique aux lecteurs de *Charmes,* qui ne parvenaient pas à découvrir le « sens » de ces poèmes :

*« C'est une erreur contraire à la nature de la poésie, et qui lui serait même mortelle, que de prétendre qu'à tout poème correspond un sens véritable, unique, et conforme ou identique à quelque pensée de l'auteur. Une conséquence de cette erreur est l'invention de l'exercice scolaire absurde qui consiste à faire mettre des vers en prose. Voilà qui est inculquer l'idée la plus fatale à la poésie, car c'est enseigner qu'il est possible de diviser son essence en parties qui peuvent subsister séparées. C'est croire que la poésie est un* accident *de la* substance *prose. Mais la poésie n'existe que pour ceux aux*

*yeux desquels cette opération est impossible, et qui connaissent la poésie à cette impossibilité. Quant aux autres, ils appellent comprendre la poésie, lui substituer un autre langage, dont la condition qu'ils lui imposent est de n'être pas poétique. »*

P. Valéry, *Commentaire de* « Charmes », 1929 (repris dans *Variété*)

## MARCHE DE LA PROSE, DANSE DE LA POÉSIE

Dans plusieurs conférences, Valéry a repris l'analyse de l'opposition entre la prose et la poésie. Comme la marche, la prose suit le chemin de moindre action, c'est-à-dire la ligne droite. *« Le langage dont je viens de me servir, qui vient d'exprimer mon dessein, mon désir, mon commandement, mon opinion, ma demande ou ma réponse, ce langage qui a rempli son office, s'évanouit à peine* arrivé. *Je l'ai émis pour qu'il périsse, pour qu'il se transforme irrévocablement en vous, et je connaîtrai que je fus* compris *à ce fait remarquable que mon discours n'existe plus.* [...] *Si vous avez compris mes paroles, mes paroles mêmes ne vous sont plus de rien ; elles ont disparu de vos esprits, cependant que vous possédez leur contre-partie, vous possédez, sous forme d'idées et de relations, de quoi restituer la signification de ces propos,* sous une forme qui peut être toute différente.

*« En d'autres termes, dans les emplois pratiques ou abstraits du langage qui est spécifiquement* prose, *la forme ne se conserve pas, ne survit pas à la compréhension, elle se dissout dans la clarté, elle a agi, elle a fait comprendre, elle a vécu.*

*« Mais au contraire, le poème ne meurt pas pour avoir servi ; il est fait expressément pour renaître de ses cendres et redevenir indéfiniment ce qu'il vient d'être. »*

P. Valéry, *Propos sur la Poésie,* 1927 (repris dans *Variété*)

Comme la danse, la poésie ne va nulle part ; elle trouve sa fin en elle-même. *« C'est le son, c'est le rythme, ce sont les rapprochements physiques des mots, leurs effets d'induction ou leurs influences mutuelles qui dominent, aux dépens de leur propriété de se consommer en un sens défini et certain. Il faut donc que dans un poème le sens ne puisse l'emporter sur la forme et la détruire sans retour ; c'est au contraire le retour, la forme conservée, ou plutôt exactement reproduite comme unique et nécessaire expression de l'état ou de la pensée qu'elle vient d'engendrer au lecteur, qui est le ressort de la puissance poétique.* Un beau vers renaît indéfiniment de ses cendres... [...] *Il ne s'agit point du tout en poésie de transmettre à quelqu'un ce qui se passe d'intelligible dans un autre. Il s'agit de créer dans le premier un état dont l'expression soit précisément et singulièrement celle qui le lui communique » (Commentaire de* « Charmes »*).*

Insidieusement, la réflexion de Paul Valéry déplace la localisation de l'inspiration. Si *« le poème est une sorte de machine à produire l'état poétique au moyen de mots »,* le lecteur doit être aussi inspiré que le poète pour indéfiniment réactiver la puissance poétique des beaux vers. *« Un poète* [...]

*n'a pas pour fonction de ressentir l'état poétique : ceci est une affaire privée. Il a pour fonction de le créer chez les autres » (Poésie et pensée abstraite,* 1939, repris dans *Variété).* Ce qui rejoint la formule que Paul Éluard reprend avec insistance dans plusieurs textes théoriques : *« Le poète est celui qui inspire bien plus que celui qui est inspiré. »*

La poésie n'est donc pas la mise en forme d'idées particulières. Elle n'est pas réductible à la puissance d'une perception ou d'une sensation, qui tenteraient de se dire par le poème. La poésie est d'abord une aventure de langage.

## L'ÉCHEC DU LANGAGE

Aventure paradoxale : c'est l'échec du langage qui révèle les pouvoirs du poète. Hegel l'avait déjà remarqué : le langage devrait exprimer la singularité de l'expérience individuelle, mais les langues que nous parlons ne peuvent dire que l'universel. À la *langue,* produit social, propriété commune à l'ensemble des hommes, qui se soumettent à son code pour assurer la communication, s'oppose la *parole* poétique, acte individuel et créateur, domaine de la liberté et de la fantaisie. La distinction entre *langue* et *parole* est classique depuis Ferdinand de Saussure. Mais la parole poétique est plus qu'une manière personnelle d'utiliser le code de la langue : elle s'installe à son envers, elle s'invente contre la langue. C'est là le thème majeur de la réflexion moderne sur la poésie, de Baudelaire et Mallarmé à Valéry, Claudel ou Jean-Paul Sartre :

*« Chacun sait que ce sentiment d'échec devant le langage considéré comme moyen d'expression directe est à l'origine de toute expérience poétique.*

*« La réaction du* parleur *à l'échec de la prose, c'est en effet ce que Bataille nomme l'holocauste des mots. Tant que nous pouvons croire qu'une harmonie préétablie régit les rapports du verbe et de l'Être, nous usons des mots sans les voir, avec une confiance aveugle, ce sont des organes sensoriels, des bouches, des mains, des fenêtres ouvertes sur le monde. Au premier échec, ce bavardage tombe hors de nous ; nous voyons le système entier, ce n'est plus qu'une mécanique détraquée, renversée, dont les grands bras s'agitent encore pour* indiquer *dans le vide ; nous jugeons d'un seul coup la folle entreprise de nommer ; nous comprenons que le langage est prose par essence et la prose, par essence, échec ; l'être se dresse devant nous comme une tour de silence et si nous voulons encore le capter, ce ne peut être que par le silence : « évoquer, dans une ombre exprès, l'objet tu par des mots allusifs, jamais directs, se réduisant à du silence égal » (Mallarmé,* Magie, *1893, repris dans* Variations sur un sujet*). Personne n'a mieux dit que la poésie est une tentative incantatoire pour suggérer l'être dans et par la disparition vibratoire du mot : en renchérissant sur son impuissance verbale, en rendant les mots fous, le poète nous fait soupçonner par-delà ce tohu-bohu qui s'annule de lui-*

*même d'énormes densités silencieuses ; puisque nous ne pouvons pas nous taire, il faut* faire du silence avec le langage. *De Mallarmé aux Surréalistes, le but profond de la poésie française me paraît avoir été cette autodestruction du langage. Le poème est une chambre obscure où les mots se cognent en rondes, fous. Collision dans les airs : ils s'allument réciproquement de leurs incendies et tombent en flammes.* »

J.-P. Sartre, *Orphée noir* (1948), in *Situations III*, Gallimard, édit.

## LE SILENCE DE LA POÉSIE

« *Faire du silence avec le langage.* » Un tel paradoxe commandait déjà la réflexion d'Octavio Paz, quand il soulignait l'impossibilité pour l'image de s'inscrire dans un sens transposable en d'autres mots : « *Le poème est langage en tension : à l'extrême de lui-même et tendu vers l'extrême. Extrême du mot et mots extrêmes, retours sur ses propres profondeurs, montrant le revers de la parole : le silence et la non-signification* » *(L'Arc et la Lyre).*

Parole ou silence de la poésie ? À moins qu'elle ne soit parole du silence ? Et si la poésie ne manifestait que l'impossibilité de *dire* quoi que ce soit ? Si elle désignait l'enfermement de l'homme en lui-même et son incapacité à sortir de cette prison ? Telle est, par exemple, la réflexion centrale qui commande l'œuvre de Maurice Blanchot. Pour lui, l'expérience du langage est celle même de la mort, puisque les mots ne peuvent jamais atteindre les choses ; le mot n'existe que dans la mesure où il n'est pas la chose, où il est l'absence de la chose. « *Dans la parole meurt ce qui donne vie à la parole ; la parole est la vie de cette mort, elle est « la vie qui porte la mort et se maintient en elle* » (*La Part du feu,* 1949). Mallarmé déjà — et Blanchot, comme beaucoup d'autres, cite et médite ce texte — avait dans *Crise de vers* (1886) proposé de définir la poésie comme « *la merveille de transposer un fait de nature en sa presque disparition vibratoire* ». « *Je dis : une fleur ! et, hors de l'oubli où ma voix relègue aucun contour, en tant que quelque chose d'autre que les calices sus, musicalement se lève, idée même et suave, l'absente de tous bouquets.* » La poésie met en œuvre cette absence. Dans un de ses poèmes (« Las de l'amer repos »), Mallarmé propose un nouvel art poétique :

*Imiter le Chinois au cœur limpide et fin*
*De qui l'extase pure est de peindre la fin*
*Sur ses tasses de neige à la lune ravie*
*D'une bizarre fleur qui parfume la vie*

Comme le « *Chinois* » (le peintre sur porcelaine ?) qui trace sur une tasse la mort d'une fleur, la poésie, vouée à « *peindre la fin* » des objets de la nature, ne saurait exprimer que ce vide qui se creuse à l'ombre des mots. On pourrait reconnaître là une des transformations possibles du mythe du « poète-pélican » : mais ce n'est plus le poète seul, c'est le monde qui est néantisé par le poème. « *Le poème n'est jamais présent. Il est toujours en deçà ou au-delà. Il nous échappe parce qu'il est plutôt notre absence que notre présence, et qu'il commence à faire le vide, et qu'il ôte les choses d'elles-mêmes, et qu'il substitue sans cesse à ce qu'il montre ce qui ne peut être montré, à ce qu'il dit ce qui ne peut être dit* » (Maurice Blanchot, *La Part du feu*).

Mais on peut résister au vertige où Blanchot nous entraîne. Si la poésie ne cesse de dire l'irrémédiable échec du langage, elle transforme en même temps cet échec en conquête. C'est ce que Sartre entend montrer dans *Orphée noir :* en examinant la poésie négro-africaine de langue française, il découvre des poètes qui utilisent une langue qui n'est pas leur langue maternelle, qui ne peut pas dire la profondeur de leur *négritude ;* des poètes qui ressentent encore plus que d'autres cet échec du langage.

*Trahison*

*Ce cœur obsédant qui ne correspond*
*Pas à mon langage, ou à mes costumes,*
*Et sur lequel mordent, comme un crampon,*
*Des sentiments d'emprunt et des coutumes*
*D'Europe, sentez-vous cette souffrance*
*Et ce désespoir à nul autre égal*
*D'apprivoiser avec des mots de France*
*Ce cœur qui m'est venu du Sénégal ?*

Léon Laleau, poète haïtien,
cité in L. Senghor, *Anthologie de la nouvelle poésie nègre et malgache* (1948),
P.U.F.

Pour dire cet échec et la trahison du langage, le poète subvertit le code habituel de la langue ; il invente des règles qui lui sont propres ; il suscite un langage au-delà du langage. L'activité poétique donne la parole à ceux qui n'avaient pas la parole. La poésie est révolutionnaire. Par sa nature même. Ainsi la littérature des peuples colonisés ou néo-colonisés privilégie-t-elle la forme poétique. Frantz Fanon, psychiatre antillais et théoricien de la révolte du Tiers Monde, définissait la poésie comme *« une forme transitoire de combativité »*. À défaut de fusils et de balles, on se sert des mots (*les armes miraculeuses,* d'après le titre d'un recueil du poète martiniquais Aimé Césaire) pour abattre le colonisateur.

## LES MOTS SONT DES CHOSES

Désireux de changer le monde, le poète commence par changer la langue et par refuser de s'enliser dans l'usage instrumental de la prose : *« Les poètes sont des hommes qui refusent* d'utiliser *le langage »,* dit Jean-Paul Sartre. Ils ne cherchent ni à dire la vérité, ni à nommer le monde, Ils poursuivent l'entreprise méthodique de détourner le langage de son instrumentalité en procédant à des accouplements de mots monstrueux :

## POÉSIE ET RÉVOLUTION

Le poète mexicain Octavio Paz, au début de *L'Arc et la Lyre,* s'amuse à dresser un long catalogue des formules où se résument les conceptions modernes de la poésie. L'une des toutes premières souligne la force subversive de la poésie : *« Opération capable de changer le monde, l'activité poétique est révolutionnaire par nature. »* Mais comment faut-il comprendre cette liaison intime ainsi proclamée entre poésie et révolution ? Il peut sembler paradoxal d'ériger en puissance de subversion une activité qui est souvent mise en forme d'un discours, réglage d'une parole, par exemple dans l'organisation mesurée du vers. Comment par ailleurs considérer comme de dangereux révolutionnaires ces poètes dont Paul Éluard rappelle (dans *Les Sentiers et les Routes de la Poésie*) qu'ils sont autant de *« marchands d'histoires, — marchands de vent, — enjoliveurs ou débineurs, — hâbleurs, craqueurs, gausseurs, — archimenteurs, — (...) faiseurs de châteaux en Espagne, — amuseurs à la moutarde et décrasseurs de rêves, — grands vernisseurs de faits, — (...) chevaucheurs de monts et merveilles (...) » ?*

Pour comprendre comment la poésie est révolutionnaire, il suffit en fait de prendre à la lettre la formule célèbre de Sartre : *« Les poètes sont des hommes qui refusent d'*utiliser *le langage. »* L'exigence première qui anime les poètes, c'est bien la grande force du refus, la volonté d'échapper à tout ce qui, dans la langue, enferme et limite. Si *« utiliser le langage »,* c'est le faire servir à une fin pratique, le poète vise à rendre le langage inutile et inefficace, il s'emploie à se jouer de la langue, à la faire jouer contre elle-même, à la mettre en pièces. On pourrait constituer une anthologie de ces poèmes, en français comme dans d'autres langues (que l'on songe à la poésie anglaise du *nonsense*), qui se moquent de la langue en l'empêchant de produire un sens immédiat. Ainsi, les *fatrasies,* qui furent à la mode à la fin du XIIIe siècle, inséraient, entre un premier et un dernier vers de sens acceptable, une accumulation saugrenue de mots incohérents et de non-sens. La poésie spontanée, celle qu'Éluard appelle « la poésie involontaire », affiche son goût pour la dérision. Les *comptines,* dont le succès a traversé les siècles, plaisent parce qu'elles se soustraient à la cohérence du sens :

*Une enfant baptisée*<br>
*Sur le bord d'une cuillère.*<br>
*La cuillère se casse :*<br>
*Ne pleurez-pas, Madame*<br>
*On en fera une autre*<br>
*Qui aura les pieds jaunes,*<br>
*Des souliers en maroquin*<br>
*Qui feront crin crin crin crin.*<br>
*Mademoiselle, allez au coin !*

(Comptine traditionnelle de Suisse romande)

*Pomme et poire*<br>
*Dans l'armoire*

*Fraise et noix*<br>
*Dans le bois*

*Sucre et pain*<br>
*Dans ma main*

*Plume et colle*
*Dans l'école*

*Et le faiseur de bêtises*
*Bien au chaud dans ma chemise.*

(Comptine moderne de Luc Bérimont)

Le non-sens est devenu l'un des recours privilégiés de la poésie contemporaine, mais on le rencontre souvent aussi chez les poètes des siècles passés :

*L'amiral Larima*
*Larima quoi*
*la rime à rien*
*l'amiral Larima*
*l'amiral Rien.*

(Jacques Prévert, *Paroles*, 1949)

*Trois petits pâtés, ma chemise brûle.*
*Monsieur le curé n'aime pas les os.*
*Ma cousine est blonde, elle a nom Ursule,*
*Que n'émigrons-nous vers les Palaiseaux !*

*Ma cousine est blonde, elle a nom Ursule,*
*On dirait d'un cher glaïeul sur les eaux.*
*Vivent le muguet et la campanule !*
*Dodo, l'enfant do, chantez, doux fuseaux.*

*Que n'émigrons-nous vers les Palaiseaux !*
*Trois petits pâtés, un point et virgule ;*
*On dirait d'un cher glaïeul sur les eaux.*
*Vivent le muguet et la campanule !*

*Trois petits pâtés, un point et virgule ;*
*Dodo, l'enfant do, chantez, doux fuseaux.*
*La libellule erre emmi les roseaux.*
*Monsieur le Curé, ma chemise brûle !*

(Paul Verlaine, « Pantoum négligé »,
*Jadis et naguère*, 1884)

Tous ces poèmes ont en commun de refuser la signification. Littéralement, ils ne veulent rien dire, ou, plus exactement, ils mettent leur sens ailleurs que dans la signification. Ils prennent sens de ce refus même de la signification : ils disent qu'il ne faut pas prendre au sérieux la prétention de la langue à rendre compte du monde.
Le jeu de mots a ceci de scandaleux et subversif qu'il empêche que s'établisse un sens univoque : il ouvre toujours sur un double ou multiple sens. Il partage donc avec la poésie le désir de signaler un sens autre. Et, tout naturellement, la poésie se sert de l'humour, de l'ironie, de la manipulation ludique des mots pour faire bouger la langue, pour ruiner son univocité. Et c'est dans la mesure où la poésie nous oblige à ne pas nous endormir dans la langue qu'elle peut être « révolutionnaire par nature ».

*« Le poète s'est retiré d'un seul coup du langage-instrument ; il a choisi une fois pour toutes l'attitude poétique qui considère les mots comme des choses et non comme des signes. Car l'ambiguïté du signe implique qu'on puisse à son gré le traverser comme une vitre et poursuivre à travers lui la chose signifiée ou tourner son regard vers sa* réalité *et le considérer comme objet. L'homme qui parle est au-delà des mots, près de l'objet ; le poète est en deçà. Pour le premier, ils sont domestiques ; pour le second, ils restent à l'état sauvage. Pour celui-là, ce sont des conventions utiles, des outils qui s'usent peu à peu et qu'on jette quand ils ne peuvent plus servir ; pour le second, ce sont des choses naturelles qui croissent naturellement sur la terre comme l'herbe et les arbres.*

*« Mais s'il s'arrête aux mots, comme le peintre fait aux couleurs et le musicien aux sons, cela ne veut pas dire qu'ils aient perdu toute signification à ses yeux ; c'est en effet la signification seule qui peut donner aux mots leur unité verbale ; sans elle ils s'éparpilleraient en sons ou en traits de plume. Seulement elle devient naturelle, elle aussi ; ce n'est plus le but toujours hors d'atteinte et toujours visé par la transcendance humaine ; c'est une propriété de chaque terme, analogue à l'expression d'un visage, au petit sens triste ou gai des sons et des couleurs. Coulée dans le mot, absorbée par sa sonorité ou par son aspect visuel, épaissie, dégradée, elle est chose, elle aussi, incréée, éternelle ; pour le poète, le langage est une structure du monde extérieur. Le parleur est en* situation *dans le langage, investi par les mots ; ce sont les prolongements de ses sens, ses pinces, ses antennes, ses lunettes ; il les manœuvre du dedans, il les sent comme son corps, il est entouré d'un corps verbal dont il prend à peine conscience et qui étend son action sur le monde. Le poète est hors du langage, il voit les mots à l'envers, comme s'il n'appartenait pas à la condition humaine et que, venant vers les hommes, il rencontrât d'abord la parole comme une barrière. Au lieu de connaître d'abord les choses par leur nom, il semble qu'il ait d'abord un contact silencieux avec elles puis que, se retournant vers cette autre espèce de choses que sont pour lui les mots, les touchant, les tâtant, les palpant, il découvre en eux une petite luminosité propre et des affinités particulières avec la terre, le ciel et l'eau et toutes les choses créées. Faute de savoir s'en servir comme* signe *d'un aspect du monde, il voit dans le mot l'*image *d'un de ces aspects. Et l'image verbale qu'il choisit pour sa ressemblance avec le saule ou le frêne n'est pas nécessairement le mot que nous utilisons pour désigner ces objets. Comme il est déjà dehors, au lieu que les mots lui soient des indicateurs qui le jettent hors de lui, au milieu des choses, il les considère comme un piège pour attraper une réalité fuyante ; bref, le langage tout entier est pour lui le Miroir du monde. Du coup d'importants changements s'opèrent dans l'économie interne du mot. Sa sonorité, sa longueur, ses désinences masculines ou féminines, son aspect visuel lui composent un visage de chair qui* représente *la signification plutôt qu'il ne l'exprime. Inversement, comme la signification est* réalisée, *l'aspect physique du mot se reflète en elle et elle fonctionne à son tour comme image du corps verbal. Comme son signe aussi* [...]. *Ainsi s'établit entre le mot et la chose signifiée un double rapport réciproque de ressemblance magique et de signification. Et comme le poète*

*n'*utilise *pas le mot, il ne choisit pas entre des acceptions diverses et chacune d'elles, au lieu de lui paraître une fonction autonome, se donne à lui comme une qualité matérielle qui se fond sous ses yeux avec les autres acceptions.* [...] *Florence est ville et fleur et femme, elle est ville-fleur et ville-femme et fille-fleur tout à la fois. Et l'étrange objet qui paraît ainsi possède la liquidité du* fleuve, *la douce ardeur fauve de l'*or *et, pour finir, s'abandonne avec* décence *et prolonge indéfiniment par l'affaiblissement continu de l'*e *muet son épanouissement plein de réserves. À cela s'ajoute l'effort insidieux de la biographie. Pour moi, Florence est aussi une certaine femme, une actrice américaine qui jouait dans les films muets de mon enfance et dont j'ai tout oublié, sauf qu'elle était longue comme un long gant de bal et toujours un peu lasse et toujours chaste, et toujours mariée et incomprise, et que je l'aimais, et qu'elle s'appelait Florence. Car le mot, qui arrache le prosateur à lui-même et le jette au milieu du monde, renvoie au poète, comme un miroir, sa propre image. »*

J.-P. Sartre, *Qu'est-ce que la littérature* (1947),
Gallimard, édit.

Ces réflexions sur les transformations que l'attitude poétique fait subir au langage permettent de préciser quelques points des théories de la poésie : la poésie est-elle une généralisation du lyrisme ? une transgression continue de la prose ? un usage systématique du symbolisme des sons ou de la figure visuelle des mots ?

## « INSENSÉ QUI CROIS QUE JE NE SUIS PAS TOI »

Si la poésie est un fait de parole (au sens de Saussure), si ce qu'elle tente de faire entendre, c'est la voix propre de l'individu, les significations particulières que les mots prennent pour lui, elle s'apparente à ce que la tradition recouvre du terme de *lyrisme :* au sens ancien, et par opposition au dramatique (une action montrée sur le théâtre) et à l'épique (célébration d'un héros ou d'un haut fait par un long poème où le merveilleux se mêle au vrai), le genre lyrique est destiné à être chanté avec accompagnement de musique ; au sens moderne, il exprime les sentiments intimes et communique l'émotion du poète ; ces deux sens tendant à se rejoindre, car, depuis le Romantisme, le lyrisme est un cri mélodieux, le chant profond d'un être. Pour Valéry, le lyrisme est *« le développement d'une exclamation » :* ses poèmes multiplient les signes de ponctuation expressifs (points d'exclamation, d'interrogation, de suspension...).

On a tenté de reformuler cette opposition des genres d'après des critères formels : la troisième personne *(il)* dominerait dans l'épopée, la seconde *(tu)* dans le drame, la première *(je)* dans le lyrisme ; l'épopée s'écrirait au passé, le lyrisme au présent.

Mais qui est ce *Je* qui prend la parole dans la poésie lyrique ? À l'époque romantique, avec quelque naïveté peut-être, on l'identifiait à la personne même du poète (toujours le mythe du poète-pélican !). Les poètes étalaient, non sans complaisances, leurs chagrins d'amour dans les poèmes. Puis le doute est venu. Avec par exemple Apollinaire, qui use aussi bien du *« Je »* que du *« Tu »* comme personnes privilégiées du lyrisme :

*Maintenant tu marches dans Paris tout seul parmi la foule*
*Des troupeaux d'autobus mugissants près de toi roulent*
*L'angoisse de l'amour te serre le gosier*
*Comme si tu ne devais jamais plus être aimé*

(« Zone », *Alcools,* 1913)

Cette fracture ou cette démultiplication de la personne lyrique aide à récuser les interprétations réductrices qui s'épuisent à poursuivre, dans la lecture d'un poème, l'ombre toujours absente de son auteur. Le propre du lyrisme, c'est la constitution d'une parole individuelle, qui n'a pas nécessairement une origine assignable. Il figure une intimité en quête d'identité : à la façon du *Tu* d'Apollinaire invitant le lecteur à se glisser lui aussi dans cette seconde personne qui semble le désigner.

## LA POÉSIE CONTRE LA PROSE

Quand on a reconnu que la poésie naît d'un échec et d'un refus de la langue commune, il est tentant de la définir et de la mesurer par l'écart qu'elle manifeste avec le langage ordinaire constitué en norme (c'est ce que propose Jean Cohen dans *Structure du langage poétique*). Le poète est celui qui ne parle pas comme tout le monde ; qui transgresse les règles de la langue ; qui fait des fautes. Mais son anormalité est valorisée positivement ; ses fautes deviennent beautés (au pire licences poétiques). La poésie, c'est l'antiprose. Plus un texte s'éloigne de la norme prosaïque, plus il se charge de poésie.

Une telle conception a le mérite de souligner la transgression qu'opère toute poésie, la violence qu'elle recèle et qu'elle déploie à travailler (torturer ?) le langage. Mais elle se heurte à la difficulté inhérente à toute théorie utilisant la notion d'écart : comment déterminer le degré zéro, le niveau de langue neutre et non marqué, la norme de la prose ? Impossible de mesurer un écart par rapport à une norme évanescente ou inexistante.

## TOUTE POÉSIE EST EMBLÉMATIQUE

Paradoxalement, et c'est le point sur lequel la réflexion de Sartre insiste le plus fortement, la poésie inverse un caractère fondamental du langage : l'arbitraire du signe. On admet en effet, depuis Saussure que le signe linguistique est constitué de deux faces indissociables : le *signifiant,* image acoustique, forme matérielle, et le *signifié* ou concept ; le lien qui unit signifiant et signifié est arbitraire ; *« l'idée (signifié) de « sœur » n'est liée par aucun rapport intérieur avec la suite se sons /s-ö-r/ qui lui sert de signifiant ».*

Cet arbitraire suppose que le signe n'est pas motivé : il n'y a aucune relation nécessaire entre le signe et le référent (c'est-à-dire la réalité extra-linguistique qu'il désigne). Ce qui permet de donner à la même chose des noms différents dans des langues différentes. Ce qui explique pourquoi *« le mot chien ne mord pas »*.

Or le poète oublie que les mots sont des signes arbitraires. Il fait comme si les mots, au lieu de les désigner, représentaient les choses. Il utilise ou il invente leur pouvoir représentatif ; il les transforme en images des choses. *« La véritable poésie tend toujours à une certaine imitation de ce qu'elle signifie au moyen de la* matière *du langage »* (Paul Valéry).

Diderot déjà avait proposé de définir la poésie par sa propriété *« emblématique »* (c'est-à-dire sa capacité de représentation ou d'imitation) :

*« Il faut distinguer dans tout discours en général la pensée et l'expression ; si la pensée est rendue avec clarté, pureté et précision, c'en est assez pour la conversation familière ; joignez à ces qualités le choix des termes, avec le nombre et l'harmonie de la période, et vous aurez le style qui convient à la chaire ; mais vous serez encore loin de la poésie, surtout de la poésie que l'ode et le poème épique déploient dans leurs descriptions. Il passe alors dans le discours du poète un esprit qui en meut et vivifie toutes les syllabes. Qu'est-ce que cet esprit ? J'en ai quelquefois senti la présence ; mais tout ce que j'en sais, c'est que c'est lui qui fait que les choses sont dites et représentées tout à la fois ; que dans le même temps que l'entendement les saisit, l'âme en est émue, l'imagination les voit, et l'oreille les entend ; et que le discours n'est plus seulement un enchaînement de termes énergiques qui exposent la pensée avec force et noblesse, mais que c'est encore un tissu d'hiéroglyphes entassés les uns sur les autres qui la peignent. Je pourrais dire en ce sens que toute poésie est emblématique. »*

*Discours sur les sourds et les muets* (1751)

Il se trouve que le langage commun connaît des exceptions, très marginales, à la règle de l'arbitraire du signe. Certains mots possèdent eux aussi un pouvoir emblématique. Les onomatopées imitent par leur sonorité des bruits naturels : plouf, tic-tac, cocorico... La dérivation ou formation d'un mot à partir d'un autre *(riche → richesse)* implique une motivation relative du mot dérivé par rapport au mot simple (motivation relative, car intra-linguistique : la relation du mot dérivé à la chose signifiée reste toujours arbitraire). C'est de ce défaut de l'arbitraire du signe que procède la poésie. Elle se risque aux effets d'expressivité sonore. Elle multiplie les rapports d'analogie, d'homologie, de proportion entre les mots. C'est pourquoi l'étymologie, science ou figure de style qui établit des relations motivées entre les mots, *« joue toujours un grand rôle en poésie »* (Roman Jakobson, 1919).

## HARMONIE IMITATIVE ET ÉTYMOLOGIE

L'harmonie imitative veut suggérer une réalité non-linguistique par la seule force expressive des sonorités verbales. Tous les poètes l'ont pratiquée, même ceux qui en dénonçaient les facilités. Victor Hugo s'y abandonne bruyamment... ou discrètement, comme dans cet effet délicat d'écho assourdi :

*Elle écoute... un bruit sourd frappe les sourds échos.*

Valéry ne peut se retenir de faire craquer le vers du stridulement des cigales :

*L'insecte net gratte la sécheresse.*

En inversant le processus de dérivation, l'étymologie (au sens très large de procédé de rattachement d'un mot à un autre) permet aux mots de jouer et de s'inventer des parentés à l'infini. C'est un des ressorts préférés de la poésie moderne : ce début d'une *chantefable* (1944) de Robert Desnos associe l'étymologie « scientifique » du nom *hippocampe* à une étymologie « poétique » qui le rapproche d'une interjection enthousiaste :

*Gloire ! Gloire au bel hippocampe,*
*Cheval marin, cheval de trempe,*
*Qu'aucun jockey n'a chevauché,*
*Qu'aucun cocher n'a harnaché.*
*Hip ! Hip ! Hip ! Pour l'hippocampe.*

## LE SYMBOLISME DES SONS

Le débat sur l'arbitraire du signe et la motivation du langage poétique (bien qu'exprimé en d'autres termes) semble apparaître en même temps que les plus anciennes réflexions sur le langage. Un dialogue de Platon (le *Cratyle*) fait arbitrer par Socrate une discussion entre Cratyle, partisan de la *« justesse des noms »* (il pense qu'il y a une adéquation naturelle entre les mots et les choses : comme dans la peinture, le nom est une imitation de l'objet), et Hermogène, qui voit dans la relation qui unit les noms et les choses le seul effet d'une convention (c'est déjà la théorie de l'arbitraire du signe). Socrate soutient d'ailleurs alternativement chacun des deux points de vue. Mais les poètes n'hésitent pas : ils adoptent la position de Cratyle contre Hermogène. Car, comme le remarque Roland Barthes, *« l'écrivain a toujours en lui la croyance que les signes ne sont pas arbitraires et que le nom est une propriété naturelle des choses »*.

La forme élémentaire du cratylisme poétique dérive de la croyance en la puissance mimétique des sons linguistiques. Il y aurait un symbolisme naturel des sons du langage, grâce auquel les mots imiteraient ce qu'ils désignent. On classe alors les voyelles selon leur valeur expressive : voyelles aiguës, claires, éclatantes, sombres, voyelles nasales pour évoquer la lenteur, l'indolence, la mollesse, etc. On attribue aux consonnes des vertus particulières : *r* est *« la consonne des mouvements rudes, brusques et bruyants »; l* qui se prononce avec *« une explosion très douce et très coulante »* désigne les *« mouvements doux et dont la marche est continue et tranquille »,* et les objets liquides et coulants : liqueur, limpidité, lymphe, lait, lac, fluide, fleuve... (d'après Court de Gébelin, homme de lettres du XVIII^e^ siècle).

Ce qui frappe, quand on s'intéresse au problème du symbolisme des sons linguistiques, c'est la permanence de la réflexion sur ces sujets. Il n'est guère d'auteur traitant des particularités de la signification en poésie qui ne l'ait abordée. En s'abandonnant parfois aux délices ou aux délires de l'interprétation débridée. Gérard Genette, dans *Mimologiques,* en a dressé un savoureux inventaire. Par exemple, une rêverie, plutôt historique et politique, part de Rousseau et fait de la voyelle le son primitif du langage : donc la « bonne » sonorité. Tandis que la consonne, apparue plus tard, est plus « civilisée » et se charge de valeurs négatives. Bernardin de Saint-Pierre croit pouvoir en tirer une loi de linguistique historique, en fonction de laquelle la proportion plus ou moins grande de voyelles et de consonnes dans une langue donnée indique sa plus ou moins grande ancienneté. Chateaubriand, dans le *Génie du Christianisme,* découvre dans la voyelle *a* la voyelle primitive, donc encore toute campagnarde et idyllique : *« On peut remarquer que la première voyelle de l'alphabet se trouve dans presque tous les mots qui peignent les scènes de la campagne, comme dans charme, vache, cheval, labourage, vallée, montagne, arbre, pâturage, laitage, etc.* (...) »

Cependant, à travers les rêveries multiformes sur le symbolisme des sons, quelques constantes se dessinent, liées aux traits les plus caractéristiques des sons linguistiques. Quelques tests amusants (demandant par exemple d'associer des « mots », n'existant pas en langue et inventés pour l'occasion, à des significations précises) ont confirmé la réalité objective du phénomène. Les sons, par eux-mêmes, peuvent se charger de sens : en jouant sur la différence entre voyelles et consonnes, en constituant une échelle des sons vocaliques ou en opposant consonnes « continues » et « momentanées ».

La distinction entre consonnes et voyelles est interprétée à travers des métaphores parallèles qui dressent la « matière », la « substance », la « couleur » ou la « chair » des voyelles face à la « forme », au « mouvement », au « dessin » ou au « squelette » des consonnes. Avec beaucoup d'autres, Gabriel Bounoure sexualise cette opposition : *« Aux consonnes qui dessinent la structure masculine du vocable se marient les voyelles changeantes, les colorations fines et nuancées des féminines voyelles. »* Le couple voyelle/consonne fait système : *« verticalité », « hérissement », « rude virilité de l'articulation consonantique »* contre *« la douceur étale du son vocalique »* (G. Genette). Si, dans la chaîne sonore de la langue, les voyelles forment les éléments stables par rapport aux consonnes qui en sont les éléments instables (parce que les consonnes ne se perçoivent guère sans s'appuyer sur une voyelle contiguë), la stylistique analysera comme plus instable, plus dynamique, plus rapide un texte où dominent les enchaînements de consonnes, tandis qu'un texte qui privilégie les voyelles paraîtra plus ferme, plus lent, moins ondoyant.

Quand on classe les voyelles selon leur point d'articulation et leur fréquence — de l'articulation antérieure et de la haute fréquence ([i], [y], [e], [ɛ]) à l'articulation postérieure et à la basse fréquence ([u], [o], [ɔ̃]) —, on fait apparaître un spectre sonore glissant des voyelles claires aux voyelles sombres, des voyelles aiguës aux voyelles graves, voire des voyelles suggérant la petitesse à celles qui évoquent une certaine ampleur. C'est sans doute l'un des plus assurés parmi les phénomènes de symbolisme des sons. De nombreux exemples s'offriraient pour l'illustrer. Sons lourds et sombres dans ce vers déjà cité de Victor Hugo :

*Elle écoute... un bruit sourd frappe les sourds échos.*

Accumulation de voyelles aiguës dans ce décasyllable de Paul Valéry :

*Les cris aigus des filles chatouillées*

Pour les consonnes, c'est la nécessité ou non d'interrompre l'écoulement de l'air pour les prononcer qui distingue deux grandes classes : « momentanées » et « continues ». Les occlusives se prêtent à signifier dureté, violence, explosion comme dans ce vers de La Fontaine :

*Va-t-en, chétif insecte, excrément de la terre.*

Les liquides et les nasales s'interprètent en termes de douceur, mollesse, tendres courbes ; c'est toute la fluidité paisible de la nuit africaine dans ce vers de Léopold Senghor :

*Voici que décline la lune lasse vers son lit de mer étale.*

On a cherché à expliquer le symbolisme des sons. Pour les uns, il s'agit d'un simple phénomène d'acoustisque. Les sons linguistiques imitent les sons non linguistiques : [i] et [y], les cris et les piaillements ; [s] et [z], les sifflements ; [f] et [v], un souffle mou et bruyant. Certains se sont même risqués à proposer des sortes de dictionnaires du symbolisme des sons, faisant correspondre à chacun d'eux une série de valeurs possibles. Attitude séduisante, et en même temps réductrice, car elle aboutit à interpréter tout effet phonique dans un texte comme processus d'imitation : il suffit de repérer une allitération en [s] dans un poème pour y déchaîner le sifflement de tous les serpents.

Une autre théorie établit une corrélation entre la valeur symbolique des sons et l'articulation nécessaire pour les produire. Maurice Grammont remarquait que *« les labiales* ([p] ou [b]) *et avec elles les labio-dentales* ([t] ou [d]), *exigeant pour leur prononciation un gonflement des lèvres, sont propres à exprimer le mépris et le dégoût »*. On retrouve des idées analogues à l'origine du livre du poète André Spire, *Plaisir poétique, plaisir musculaire.* Le linguiste Fonagy leur a donné une base psychologique cohérente, empruntée à la psychanalyse, en énonçant que c'est l'inconscient individuel ou collectif qui parlerait à travers le symbolisme des sons (telles consonnes vont être réputées « douces », parce qu'en les articulant nous retrouvons le plaisir primaire de la succion).

D'autres théories réintroduisent le son dans la langue en fondant le sens des sons sur celui des mots dans lequel ils apparaissent. Mallarmé, qui fut professeur d'anglais, a composé un ouvrage (*Les Mots anglais,* 1877), où il rassemble les mots de la langue anglaise en tableaux, pour montrer la cohérence des effets de symbolisme phonétique. Il commente ainsi la liste des mots commençant par la consonne C : *« Les mots en C, consonne à l'attaque prompte et décisive, se montrent en grand nombre, recevant de cette lettre initiale la signification d'actes vifs comme étreindre, fendre, grimper, grâce à l'adjonction d'une* l ; *et avec* r, *d'éclat et de brisure :* ch *implique souvent un effort violent et garde de cela une impression de rudesse, qui n'a rien de défavorable. »* Ici, le symbolisme des sons s'appuie sur des jeux de mots ou d'étymologies plus ou moins fictives.

Le zèle des partisans du symbolisme des sons s'est souvent retourné contre eux. En en systématisant les effets, en croyant pouvoir établir ces dictionnaires du sens des sons, ils ont souligné ce qu'il pouvait y avoir de bijouterie trop clinquante dans le phénomène. D'autant qu'en jouant sur les mêmes sonorités, on peut produire des effets opposés. Bien sûr l'accumulation des voyelles aiguës remplit de joie sensuelle le vers de Valéry *(Les cris aigus des filles chatouillées).* Mais chez Racine, les mêmes voyelles suggèrent une tout autre impression :

*Tout m'afflige et me nuit et conspire à me nuire.*

## POÉSIE PHONIQUE

Certains expérimentateurs ont cependant tenté d'inventer une forme de poésie fondée uniquement sur la force expressive des sons : *« poésie sonore »* des premiers dadaïstes, poésie lettriste qui assemble librement des *« lettres »,* en dehors de tout groupement appartenant à une langue constituée :

*te gri ro ro gri ti gloda sisi dül fejin iri*
*back back glü glodül ül irisi glü bü bü da da*
*ro ro gro dülhack bojin gri ti back* [...]

Hugo Ball, (1917)

Contrairement à ce qu'on pourrait imaginer, ces suites de sons ne sont pas totalement dépourvues de sens, surtout si on les lit en adoptant une diction expressive : sens diffus, qu'on tentera d'expliciter en termes de sentiment (colère ? peur ?), analogue au sens vague qu'on croit déceler dans un morceau de musique. De telles expériences ont l'intérêt de conduire la poésie à la limite où elle cesse d'être la poésie pour basculer du côté de l'art des sons : la musique. C'est donc que, pour le poète, les mots ne peuvent être simplement des choses sonores ; ils restent des signes. Pauvre chose, si la poésie n'était que l'onomatopée généralisée.

## LE SENS DES SONS

| Phonèmes (par ordre décroissant d'importance) | Propriétés acoustiques et articulatoires pertinentes | Valeurs sémantiques potentielles |
|---|---|---|
| [i] [y] [e] [ø]<br>[a] [ɑ] [ɑ̃] | faible volume des résonateurs et sons aigus<br>aperture maximale | « petitesse »<br>« grandeur » |
| [i] [e] [ɛ]<br>[u] [o] [ɔ̃] [ɔ] | sons aigus<br>sons graves | « clarté »<br>« obscurité » |
| [i] [e] [ɛ]<br>[a] [ɑ] [ɑ̃]<br>[u] [o] [ɔ̃] [ɔ] | sons aigus<br>ouverture maximale<br>sons graves | « bruits aigus »<br>« bruits intenses »<br>« bruits sourds » |
| [i] [e] [ɛ]<br>[u] [o] [ɔ] | étirement des lèvres, sons aigus, voyelles antérieures<br>mouvement vers l'avant des lèvres, sons graves, voyelles postérieures | « formes angulaires »<br>« formes rondes » |
| [i] | voyelle antérieure, son aigu, ouverture maximale | « légèreté » et « rapidité » |
| [ɛ̃] [œ̃] [ɑ̃] [ɔ̃] | nasalité | « lenteur » et « mollesse » |
| consonnes occlusives<br>— fortes : [p] [t] [k]<br>— douces : [b] [d] [g]<br>— labiales : [p] [b] | explosion, matité<br>mouvement vers l'avant des lèvres | « force », « soudaineté », « brutalité » (la valeur est plus nette pour les consonnes fortes)<br>« dégoût » |
| consonnes constrictives et nasales<br>— douces : [v] [z] [ʒ] [r] [l] [m] [n]<br>— fortes : [f] [s] [ʃ]<br>[s] [z]<br>[l]<br>[m] [n]<br>[r] | friction, stridence<br>fréquences les plus élevées<br>latéralité<br>nasalité<br>vibrations | « souffle », « durée », « douceur », « glissement », « mobilité »<br>« sifflement »<br>« liquidité »<br>« mollesse », « lenteur »<br>« violence » |

Puisque diverses expériences ont établi que les sons du langage sont universellement mis en relation avec des formes sensibles, notamment visuelles, il est possible de dresser le tableau de ces correspondances. Cette valeur signifiante des sons est fonction de leurs caractères acoustiques et articulatoires : acuité ou gravité, ouverture, volume des résonateurs (pharynx et cavité buccale), nasalité, etc. Légèrement adapté, le tableau ci-dessus est celui que donne Claude Tatilon dans *Sonorités et texte poétique.* Il ne s'agit en aucun cas d'un « dictionnaire des sons » que l'on pourrait utiliser mécaniquement. Par exemple, un vers accumulant le son [i] ne « signifiera » pas nécessairement, automatiquement la « petitesse », la « clarté » ou un « bruit aigu ». Les valeurs proposées en face de chaque son linguistique sont des « latences », que le poète actualise et exploite à son gré. D'une façon générale, le symbolisme des sonorités qu'utilise la poésie reste mouvant et flou.

On aura remarqué que, dans ce tableau, la consonne [r], selon le caractère articulatoire considéré, suggère soit la « douceur » et le « glissement », soit la « violence ». Ceci doit mettre en garde contre toute utilisation aveugle de ce code, et rappelle que les sons n'ont que le sens que le poème leur donne.
Malicieusement, René de Obaldia se moque de ceux qui feraient trop confiance au pouvoir des sons :

*Le geai gélatineux geignait dans le jasmin*
*Voici, mes zinfints,*
*Sans en avoir l'air,*
*Le plus beau vers de la langue française.*

## SYNESTHÉSIES

Dérivant de la croyance au pouvoir mimétique des sons du langage, il est une rêverie qui associe les couleurs aux sons des voyelles (presque jamais aux consonnes !). Tout le monde connaît le sonnet de Rimbaud consacré aux voyelles :

*A noir, E blanc, I rouge, U vert, O bleu : voyelles,*

Mais déjà Victor Hugo, dans un texte peu connu (*Journal de ce que j'apprends chaque jour,* 1846-1847), avait suggéré *« que les voyelles existent pour le regard presque autant que pour l'oreille et qu'elles peignent des couleurs. On les voit.* A *et* I *sont des voyelles blanches et brillantes.* O *est une voyelle rouge.* E *et* eu *sont des voyelles bleues.* U *est la voyelle noire ».* On appelle synesthésies ces courts-circuits de sensations qui, comme l'audition colorée, rapprochent des perceptions de différentes origines. De Baudelaire à Malcolm de Chazal (poète d'expression française né à l'île Maurice en 1902), la poésie moderne a fait des synesthésies un ressort essentiel de son fonctionnement, soit qu'elles permettent de percevoir les réseaux de correspondances qu'explore le poète, soit qu'elles élargissent le symbolisme des sons en lui associant progressivement toutes les sensations. Mais les synesthésies n'ont de fondement que subjectif. Étiemble (dans *Le Sonnet des Voyelles*) et Gérard Genette (dans *Mimologiques*) ont dressé des tableaux du symbolisme coloré des voyelles chez différents auteurs : pour constater que chaque voyelle peut être vue de toutes les couleurs ! D'autre part, on a remarqué (dans *Linguistique et poétique* de D. Delas et J. Filliolet) que, dans le sonnet de Rimbaud, le *I* appelle la couleur verte, mais *I vert* suscite un jeu de mots gênant *(hiver)*, et le *I* devient rouge. D'où le curieux vers qui doit dire la couleur verte de l'*U*... avec une dominante vocalique en i :

*U, cycles, vibrements divins des mers virides,*

Les synesthésies, comme l'harmonie imitative, doivent donc être utilisées, intégrées, assimilées par l'organisation textuelle du poème. Elles constituent un moyen et non la fin de l'activité poétique.

## PERVERSITÉS DE LA LANGUE FRANÇAISE

Un texte de Mallarmé (*Crise de vers,* 1896), souvent cité et commenté, propose une réflexion subtile sur les rapports paradoxaux du poète et des sons :

*« Les langues imparfaites en cela que plusieurs, manque la suprême : penser étant écrire sans accessoires, ni chuchotement mais tacite encore l'immortelle parole, la diversité, sur terre, des idiomes empêche personne de proférer les mots qui, sinon se trouveraient, par une frappe unique, elle-même matériellement la vérité. Cette prohibition sévit expresse, dans la nature (on s'y bute avec un sourire) que ne vaille de raison pour se considérer Dieu ; mais, sur l'heure, tourné à de l'esthétique, mon sens regrette que le discours défaille à exprimer les objets par des touches y répondant en coloris ou en allure, lesquelles existent dans l'instrument de la voix, parmi les langages et quelquefois chez un. À côté d'*ombre, *opaque,* ténèbres *se fonce peu ; quelle déception, devant la perversité conférant à* jour *comme à* nuit, *contradictoirement, des timbres obscur ici, là clair. Le souhait d'un terme de splendeur brillant, ou qu'il s'éteigne, inverse ; quant à des alternatives lumineuses simples* — Seulement, *sachons* n'existerait pas le vers : *lui, philosophiquement rémunère le défaut des langues, complément supérieur. »*

S. Mallarmé, *Œuvres complètes,*
coll. La Pléiade, Gallimard, édit.

Après avoir constaté l'imperfection du langage, due à l'arbitraire du signe, à l'absence de relation mimétique entre les mots et les choses, Mallarmé reconnaît cependant que les langues possèdent ce pouvoir mimétique dans leurs éléments (*« touches répondant »* aux objets), qui sont les voyelles et les consonnes. Mais elles l'utilisent mal. La perversité de la langue française assombrit le mot *« jour »* et éclaircit le mot *« nuit »*. La poésie naît de et répond à ce *« défaut des langues »*. Elle se constitue comme un nouveau langage qui vient compenser l'imperfection des langues naturelles. Il s'agit de corriger la langue, non en changeant les mots, mais en les faisant entrer dans l'organisation sonore du vers : *« Le vers qui de plusieurs vocables refait un mot total, neuf, étranger à la langue et comme incantatoire, achève cet isolement de la parole : niant, d'un trait souverain, le hasard demeuré aux termes malgré l'artifice de leur retrempe alternée en le sens et la sonorité, et vous cause cette surprise de n'avoir ouï jamais tel fragment ordinaire d'élocution, en même temps que la réminiscence de l'objet nommé baigne dans une neuve atmosphère. »*

S. Mallarmé, *op. cit.*

On peut reprendre l'exemple mallarméen du jour et de la nuit — Roman Jakobson *(Essais de linguistique générale)* et Gérard Genette *(Mimologiques)*, entre autres, l'ont amplement commenté — et montrer comment les poètes tentent de remédier à la perversité phonétique du français. On entrevoit une double possibilité : adapter le son au sens ou l'inverse. En entourant dans le vers les mots *jour* et *nuit* d'un contexte sonore approprié, on réussira à *« éclaircir le jour et enténébrer la nuit »*. Racine propose deux exemples canoniques où l'organisation sonore du vers corrige la fausseté phonétique des mots :

*Le jour n'est pas plus pur que le fond de mon cœur.*

Les voyelles « claires » *u* et *œu*, renforcées par leur position sous l'accent de césure et de fin de vers, concentrent toute la lumière du jour.

*C'était pendant l'horreur d'une profonde nuit.*

Ici, c'est le voisinage de la nasale *on* qui assombrit la nuit. On remarquera que, dans les deux exemples, le phénomène est plus complexe que nous ne l'analysons, car des interférences sémantiques (des mots comme *pur, horreur, profonde* ont une forte valeur de sens) viennent troubler le pur jeu des sons.

Réciproquement, on fera glisser le sens des mots pour l'accorder aux valeurs expressives de leurs sonorités. Dans l'hymne à la Nuit qui clôt le *Porche du mystère de la deuxième vertu* de Charles Péguy, l'opposition du jour et de la nuit devient celle de la pesanteur indécise et de la luminosité aérienne :

*O Nuit tu es la nuit. Et tous ces jours ensemble*
*Ne sont jamais le jour, ils ne sont jamais que des jours.*
*Semés. Ces jours ne sont jamais que des clartés.*
*Douteuses, et toi, la nuit, tu es ma grande lumière sombre. [...]*
*O ma Nuit étoilée je t'ai créée la première. [...]*
*O ma fille* étincelante et sombre *je te salue [...]*

Chez Verhaeren, le jour s'alourdit et s'assombrit et meurt tristement :

*Un jour souffrant d'hiver sur les hameaux s'endort,*
*Les nuages sont las de leurs voyages sombres...*
*Les ornières s'en vont vers un horizon mort.*

(*Les soirs,* 1887)

Ces exemples — on pourrait en alléguer beaucoup d'autres — montrent la réalité et la réussite de l'effort mimétique poursuivi par le vers. Mais, cette imitation sonore ne saurait constituer la finalité de l'acte poétique. Sinon, le plus grand poète français serait ce chevalier de Piis, cher à Paul Claudel, auteur d'un poème en quatre chants sur l'*Harmonie imitative de la langue française* (1785-1788), où les bruits des métiers, les cris des animaux, les sons des instruments de musique sont habilement imités : Le mouton :

*Et parmi les moutons qui bêlent pêle-mêle*
*Faire au frêle agnelet essayer sa voix grêle.*

L'âne :

*Souffrez qu'Aliboron clopinant, ricanant.*
*Et bravant le bâton d'un maître chagrinant*
*Ouvre une large gueule et s'évertue à braire...*

## POÉSIE GRAPHIQUE

La poésie s'écrit. Sur la page imprimée, les mots exposent leur forme plastique. Qui ne serait sensible aux images qui se dessinent ainsi sur l'espace blanc? Paul Claudel, au contact des idéogrammes chinois, a découvert les vertus mimétiques de l'écriture ; il s'est demandé *« si dans notre écriture occidentale il n'y aurait pas moyen de retrouver également une certaine représentation des objets qu'elle signifie »* (*Idéogrammes occidentaux,* 1926) ; d'où l'hypothèse des idéogrammes occidentaux : dans les mots écrits en caractères latins, chaque lettre représente un fragment de sens :

« Monument. *C'est un véritable édifice du temps de Louis XIV avec ses deux ailes symétriques et sa loggia centrale tout encadrée de colonnes. »*

« âne. *Le cri formidable exécuté par la bouche largement ouverte d'un artiste et pourquoi la barre de l'*a *ne serait-elle pas la queue que l'animal tient toute droite pour s'aider à braire si l'on en croit la comtesse de Ségur?* n *est le pont formé par l'échine du quadrupède,* e *son arc-boutement pour ruer. »*

Claudel est souvent revenu sur cette hypothèse que la figure visuelle des mots du français est significative. Il les transforme en rébus poétiques.

Ainsi le mot « Quilles » : *« Il représente le travail d'une boule ou d'une idée lancée à toute vitesse au travers d'une assistance au port d'armes et y décrivant grâce à la répercussion toutes sortes de lacets exterminateurs. »* Ou bien c'est le mot « Locomotive » : *« Nous avons le portrait de l'engin avec sa cheminée, ses roues, ses pistons au travail, l'abri du chauffeur, le sifflet, le levier de commande et enfin l'attache avec le train. »* Mais le troisième exemple est encore plus suggestif. Il dérive à partir du mot « Rêve » : *« R c'est le filet à papillon et la jambe tendue en avant, l'accent circonflexe c'est le papillon de Psyché, et l'E au-dessous c'est l'échelle, c'est-à-dire l'Engin avec lequel nous essayons lourdement d'attraper ce souffle aérien. Les bras que nous levons vers lui en un geste dissymétrique et inverse c'est le V. Et enfin la dernière lettre, c'est l'Échelle qui reste seule. Il n'y a plus de papillon »* (« L'Harmonie imitative », dans *Positions et Propositions).*

L'hypothèse claudélienne ne concerne que le mimétisme graphique de mots isolés. Si on joue sur la répartition des mots et des vers à l'intérieur de la page, on obtient le calligramme pratiqué par Guillaume Apollinaire : le poème se dessine lui-même graphiquement. Soit le calligramme *Il pleut :* les vers tombent obliquement sur la page, comme des rayures de pluie. Ce jeu poétique a d'ailleurs des antécédents très anciens. Le poète grec Théocrite (IIIe siècle av. J.-C.) a composé un poème sur la syrinx dont les vers d'inégale longueur évoquent la forme de cet instrument de musique (flûte de Pan). Les strophes irrégulières des *Djinns* de Victor Hugo (dans les *Orientales,* 1829), avec leurs vers de longueur croissante, puis décroissante, représentent visuellement l'arrivée bruyante des esprits de la mort, puis leur progressive disparition.

On a parfois méconnu l'importance de l'espace et de l'écriture dans le phénomène poétique. On a cru que la poésie était plus proche de la musique, qu'elle donnait la priorité aux sons : n'est-elle pas née, probablement, en association avec le chant et la danse ? Il existe d'ailleurs d'innombrables productions poétiques qui se sont passées et se passent de l'écriture : ce sont celles de la tradition orale. Et certains amateurs estiment que le poème n'est pleinement lui-même que s'il est dit.

À l'inverse, Saint-John Perse se déclarait *« hostile, en principe, à toute récitation poétique » :* la lecture à haute voix lui semblait, *« pour le français du moins, limiter ou fausser la portée de l'écrit sur ses multiples voies, concurrentes ou divergentes ».* Ce qui revient à dire que l'écriture par elle-même concourt à produire des effets poétiques. On peut le mettre en évidence en comparant les versions orale et écrite d'un même texte. Soit cette phrase qui, prononcée, ne présente pas de séduction poétique particulière :

*« Quand les poètes s'ennuient, alors il leur arrive de prendre une plume, et d'écrire un poème ; on comprend, dans ces conditions, que ça barbe un peu, quelquefois, la poésie, la poésie ! »*

## LECTURE D'UN CALLIGRAMME

Dans la mesure où il est composé de mots, on peut lire le calligramme « La Cravate et la Montre » à haute voix. On obtient par exemple la séquence suivante : « *La cravate douloureuse que tu portes et qui t'orne, ô civilisé, ôte-la si tu veux bien respirer. Comme l'on s'amuse bien. La beauté de la vie passe la douleur de mourir. Mon cœur. Les yeux. L'enfant. Agla. La main. Tircis. La semaine. L'infini redressé par un fou de philosophe. Les Muses aux portes de ton corps. Le bel inconnu. Et le vers dantesque luisant et cadavérique. Les heures. Il est –5 enfin. Et tout sera fini.* » On ne saurait dire que le poème gagne à se laisser lire comme un enchaînement de mots. L'ordre linéaire ne produit guère de sens et il brouille les relations et les suggestions du dessin. Par ailleurs, l'ordre de lecture choisi n'est qu'une hypothèse parmi bien d'autres possibles. Puisque le calligramme rompt avec la disposition convenue de la page imprimée, comme être sûr qu'il faille commencer la lecture par tel point du texte plutôt que par tel autre ? Le calligramme met en question les habitudes de lecture imposées par les conventions typographiques Pour le lire, il faut explorer toutes les possibilités de mise en relation des divers éléments (phrases, mots groupés ou isolés) disposés simultanément sur la page. Si la temporalité de la chaîne parlée aussi bien que la typographie (qui se déroule de gauche à droite et de haut en bas) imposent un ordre de succession obligé, l'espace du calligramme laisse ouvert le choix des associations entre les éléments du poème.

Selon le témoignage du peintre Serge Férat, ami d'Apollinaire, ce calligramme aurait été composé à la suite d'une conversation dans les bureaux de la revue *Les Soirées de Paris*. Pendant la discussion, le poète avait ôté sa cravate et l'avait posée sur la table. À un moment, le peintre y joignit sa montre, pour souligner qu'il était l'heure d'aller déjeuner. Ainsi le calligramme commémorerait cet événement. Mais la futilité même de ces éclaircissements biographiques montre qu'ils n'épuisent pas le « sens » du calligramme. Qu'est-ce qui a pu frapper Apollinaire dans un événement aussi infime ? Peut-être la rencontre de deux objets rassemblés par le hasard (comme « *la rencontre fortuite d'une machine à coudre et d'un parapluie* » dont Lautréamont fait le paradigme de la beauté). Mettre face à face « *la cravate* » et « *la montre* », c'est introduire une relation entre les deux objets, suggérer peut-être une comparaison. Le calligramme esquisse un processus métaphorique. On peut ainsi découvrir une analogie formelle entre l'angle dessiné par les deux pans de la cravate et celui des aiguilles de la montre. Ces deux angles aigus sont inversement symétyriques par rapport à « *mon cœur* ». Si la cravate est l'homologue des aiguilles de la montre qui se referment sur la dernière heure, cette cravate devient bien inquiétante : comme peut-être la « cravate de chanvre » qui soutient le pendu !

Le dessin du calligramme favorise donc certaines associations, certains itinéraires de lecture. Par exemple, le cadran de la montre se partage en deux moitiés qui s'opposent : mots brefs marquant les heures dans la partie droite, bien soulignée par une phrase dessinant le contour du cadran ; éléments de phrase nettement plus longs dans la partie gauche. La place de chacune des heures sur le cadran est occupée par un mot ou un groupe de mots qui « signifie » le chiffre de l'heure qu'il représente : *mon cœur* est unique ; *les yeux* sont deux ; *l'enfant* transforme le couple en trinité ; *agla,* mot de quatre lettres, est aussi le quatrième des mots qui forment le pentacle ou sceau magique ; *la main* a cinq doigts ; le berger *Tircis* fait entendre dans son nom le chiffre six... et peut-être se manifeste-t-il six fois auprès

# *La cravate et la montre*

LA CRAVATE
DOU
LOU
REUSE
QUE TU
PORTES
ET QUI T'
ORNE O CI
VILISÉ
OTE- TU VEUX
LA BIEN
SI RESPI
RER

COMME L'ON
S'AMUSE
BI
EN

les
heures

la

beau
té
de
la
vie
pas
se
la
dou
leur
de
mou
rir

Mon
cœur

et le
vers
dantesque
luisant et
cadavérique

le bel
inconnu

Il
est
—
5
en
fin

Et
tout
se
ra
fi
ni

s
yeux

les Muses
aux portes de
ton corps

l'enfant

l'infini
redressé
par un fou
de philosophe

Agla

semaine

la main

Tircis

Guillaume Apollinaire, *Calligrammes*, éd. Gallimard ©.

de sa belle ; *la semaine* comprend sept jours ; l'infini (∞), redressé, devient 8 ; les neuf *Muses* veillent aux neuf portes du corps féminin ; *le bel inconnu,* c'est l'inconnue mathématique ($x$) qui s'écrit X en majuscule et peut se lire 10 en chiffres romains ; *le vers dantesque,* l'endécasyllabe, comporte donc onze syllabes ; enfin, *les heures* se comptent douze. À chaque fois, il n'a été possible d'interpréter qu'en tenant compte en même temps du sens, de la forme et de la place des mots. C'est aussi le cheminement balayant les douze heures du cadran qui permet de lire la montre comme une allégorie de la vie humaine : les six premières heures disent la beauté et la joie de l'existence, jusqu'à l'apothéose du tendre pastoureau Tircis se révélant un fougueux amant. Quand on parcourt les six autres heures, l'angoisse apparaît : sentiment du temps, spéculation philosophique ; inquiétude de l'inconnu ; méditation sur la mort, jusqu'à l'heure fatale, ce minuit (?) fatidique où la cravate se resserre.
Apollinaire définissait ses calligrammes comme des « *idéogrammes lyriques* ». Comprenons que le lyrisme ne doit pas résider dans le chant du vers, mais dans son dessin. De fait, lu à voix haute, le calligramme *La cravate et la montre* ne chante guère. C'est le dessin sur la page, opposant la vie et la mort, qui invite à méditer sur le temps : il suffirait de desserrer la cravate du temps pour laisser s'épanouir la beauté de la vie.
Le calligramme, qui soustrait le poème à la linéarité et à la lisibilité immédiate, suppose une saisie simultanée. La lecture doit mobiliser en même temps le sens et la forme des mots et des phrases qui le composent. La temporalité du poème (c'est celle de toute parole proférée qui se déploie dans le temps nécessaire à son énonciation) est comme piégée par sa disposition dans l'espace. Le calligramme apprend ainsi à maîtriser le temps — et répond peut-être à cette éternelle interrogation lyrique sur la fuite du temps, celle qu'Apollinaire lui-même chante si mélodieusement dans *Le Pont Mirabeau :*

*Sous le pont Mirabeau coule la Seine*
*Et nos amours*
*Faut-il qu'il m'en souvienne*
*La joie venait toujours après la peine*
*Vienne la nuit sonne l'heure*
*Les jours s'en vont je demeure*

Mais précisément, la musicalité lyrique du *Pont Mirabeau* ne s'appuie-t-elle pas aussi sur la disposition des vers sur la page ?

Mais quand Raymond Queneau l'écrit, il en fait un poème, le septième des arts poétiques de *L'Instant fatal :*

*Quand les poètes s'ennuient alors il leur ar-*
*Rive de prendre une plume et d'écrire un po-*
*Ème on comprend dans ces conditions que ça bar-*
*Be un peu quelquefois la poésie la po-*
*Ésie*

On voit bien comment c'est la mise par écrit qui suscite le poème. Le passage à la ligne découpe cinq vers jusqu'alors cachés : quatre « alexandrins » (qui posent quelques problèmes de césure) et un dernier vers hors-norme, comme une coda sarcastique. La coupure des mots en fin de vers révèle des rimes, parfaitement inaudibles dans la première version « orale ». La majuscule (convention typographique de la poésie française classique) au début des vers 2, 3, 4 et 5, tombe au beau milieu d'un mot et donne à chacun d'eux une figure étrange. L'absence de ponctuation, contraire au code habituel de l'écrit, mais sensible seulement à l'écrit, ajoute une indécision « poétique ». Ainsi, c'est l'écriture, la disposition du texte sur l'espace de la page, qui transforme une platitude en un poème ironique.

*« La façon dont on dispose les mots sur une page doit être considérée comme une autre grammaire »* (Michel Butor). L'évolution de la poésie française tend à donner de plus en plus d'importance à cette mise en espace. La poésie classique se fonde sur des marques orales (le vers mesuré et rimé) et écrites (la disposition des vers en colonnes, les majuscules à l'initiale du vers, etc.). Le vers libre moderne n'est plus guère sensible à l'oreille : ce sont les blancs typographiques qui le limitent et le font respirer.

Si les poèmes sont faits pour être vus autant ou plus que pour être entendus, ils peuvent jouer sur plusieurs niveaux de leur inscription spatiale. La mise en page fait apparaître des rapports nouveaux entre les mots ou bien elle les désarticule ou les dissémine. L'art poétique cité de Raymond Queneau appartient à cette pratique. Mais beaucoup de fables de La Fontaine jouent déjà sur la disposition typographique des vers :

*Pour moi, satisfaisant mes appétits gloutons,*
*J'ai dévoré force moutons.*
*Que m'avaient-ils fait ? Nulle offense.*
*Même il m'est arrivé quelquefois de manger*
*Le berger.*
*Je me dévouerai donc, s'il le faut : mais je pense*
*Qu'il est bon que chacun s'accuse ainsi que moi (...)*

*(Les Animaux malades de la peste)*

Il est bien clair que le minuscule vers de trois syllabes est comme dévoré, lui aussi, par les longs alexandrins qui l'entourent. Les poètes modernes ont été de plus en plus attentifs aux effets visuels de la poésie. Ainsi, les épreuves de la première édition des *Fleurs du mal* révèlent-elles le soin maniaque de Baudelaire, attaché à tout contrôler : répartition des blancs et équilibre de la page, choix des caractères, perfection typographique de chaque lettre, etc. Rien ne semble le satisfaire du travail de son éditeur et imprimeur Poulet-Malassis. La recherche de Mallarmé aboutit à l'étrange orchestration spatiale d'*Un coup de dés jamais n'abolira le hasard :* toutes les ressources de la typographie (variations de la forme et de la dimension des caractères), la répartition calculée des blancs font éclater le vers traditionnel en une constellation visuelle et sémantique. Au XX^e^ siècle, il est fréquent qu'un poème apparaisse mutilé, illisible au sens plein, si on le prive de sa dimension visuelle. Ainsi, par exemple, ce poème d'Aragon. Si on le déclame, il ne fait entendre que la répétition d'un même mot. Mais si on le regarde, on voit que le jeu des blancs et des majuscules produit comme un dessin et que la répétition devient problématique :

PERSIENNES

Persienne Persienne Persienne

Persienne persienne persienne
persienne persienne persienne persienne
persienne persienne persienne persienne
persienne persienne
Persienne Persienne Persienne

Persienne ?

(*Le Mouvement perpétuel* Gallimard éd., 1925)

Quand le poème, ouvertement, dessine des formes sur la page, il devient calligramme. Il retourne aux origines des écritures (pictogrammes et idéogrammes) et retrouve la force plastique des calligraphies (dont les civilisations de la Chine et du monde arabe ont fait des arts majeurs). Le calligramme (le mot a été forgé par Guillaume Apollinaire) représente par sa forme graphique l'objet ou les réalités qu'il évoque. Il mobilise ainsi, de façon simultanée, complémentaire et croisée, le code langagier et le code plastique. Le calligramme *« conjure l'invincible absence dont les mots ne parviennent pas à triompher, en leur imposant, par les ruses d'une écriture jouant dans l'espace, la forme visible de leur référence : savamment disposés sur la feuille de papier, les signes appellent, de l'extérieur, par la marge qu'ils dessinent, par la découpe de leur masse sur l'espace vide de la page, la chose même dont ils parlent. Et en retour, la forme visible est creusée par l'écriture, labourée par les mots qui la travaillent de l'intérieur, et, conjurant la présence immobile, ambiguë, sans nom, font jaillir le réseau des significations qui la baptisent, la déterminent, la fixent dans l'univers des discours »* (Michel Foucault, *Ceci n'est pas une pipe,* éd. Fata Morgana.). En obligeant à un va-et-vient continu des mots à l'image et de l'image aux mots, le calligramme demande au lecteur sa participation active.

L'écriture donne aux mots un visage. Pour Claudel, on l'a vu, toute écriture est idéographique. Raymond Queneau a tiré des effets surprenants en jouant sur l'orthographe et sur les décalages entre français oral et français écrit. Un de ses « arts poétiques », par exemple, se termine sur ces vers :

*ça a toujours kékchose d'extrême*
*un poème*

## AU-DELÀ DU CALLIGRAMME :

*si désolé que soit dans l'Extrême-Nord l'hiver et si sombre que soit la nuit que nous venions ajouter encore à cette nuit, nous y trouvions énormément de luminosités, moins dans les éclats du ciel, réel, proche, ou de la terre infiniment neigeuse, ou d'une brusque aurore boréale, que dans la sensation probablement indéfinissable de vivre tout ce que nous voyions et plus*

(*Logogramme* cité dans Max Loreau, *Dotremont. Logogrammes*)

## LE LOGOGRAMME

Poète et peintre, membre du groupe d'art expérimental *Cobra,* Christian Dotremont (1922-1979) invente en Laponie, là où l'espace enneigé propose sa page blanche, ce qu'il appelle des *« logoneiges »* ou *« logoglaces »,* c'est-à-dire, sur le sol blanc, le tracé de signes d'écriture qui s'abandonnent au plaisir de dessiner. Transcrits sur le papier, ces traçages deviennent *« logogrammes ».* Un *logogramme* est l'inscription d'un texte dont le graphisme s'affranchit des conventions et des contraintes de l'écriture. L'écriture y dessine, non pas, comme dans le calligramme, en produisant une image plastique de l'énoncé, mais en rendant le tracé visible, en matérialisant l'inscription, l'appropriation de l'espace. Le *logogramme* est un geste, un tracé calligraphié livré à la spontanéité, déformant l'écriture, rendant le texte écrit illisible, produisant *« un tournoiement du vide et du plein, du blanc et du noir »* (M. Loreau). Mais pour être complet, le *logogramme* associe cette calligraphie erratique et le texte de départ, imprimé ou manuscrit à côté du dessin.

Le *logogramme* se différencie du calligramme en ceci qu'il ne joue pas d'une dialectique du sens linguistique et de la forme plastique. Il laisse proliférer la forme matérielle des mots, mettant leur sens comme entre parenthèses, tout emporté par l'aventure graphique.

Le *logogramme* reproduit, qui date de 1974, s'équilibre sur le mot *ciel,* le seul qui se laisse deviner, à peu près au milieu du dessin. Une attention plus insistante découvre cependant d'autres jeux de signes : le *si* initial, les boucles des *d,* des *a,* des *o,* les sinuosités de quelques *s.* Peu à peu, le texte devient non pas lisible, mais visible ; l'écriture exhibe sa matérialité et sa respiration gestuelle. Rien de plus fascinant que cette écriture qui, littéralement, *prend corps* sous nos yeux.

*« Je ne vous demande pas de savoir lire mes logogrammes..., je vous suggère de voir dans leur écriture exagérément naturelle, excessivement libre, le dessin, le dessin non naturaliste, certes, mais de toute façon matériel, de mon cri ou de mon chant ou des deux tout ensemble ; après quoi vous pouvez lire le texte toujours écrit en clair sous le logogramme. »*

(Christian Dotremont)

On ne saurait mieux montrer l'étrangeté radicale de tout poème, la nouveauté qu'il introduit dans la langue, la mise à l'épreuve qu'il lui impose en la forçant sur ses frontières. Ce *« kékchose »* est à la fois tout proche du banal « quelque chose » et vaguement inquiétant, car doublement hérissé de cette lettre « k », barbare et si mal aimée de la langue française. À l'image de ce mot en rupture d'orthographe, le poème est toujours *« kékchose »* qui est dans la langue et hors de la langue.

Un bref poème de Jacques Prévert met aussi en lumière toute l'énergie poétique potentielle de l'orthographe française :

*Mea culpa*
*C'est ma faute*
*C'est ma faute*
*C'est ma très grande faute d'orthographe*
*Voilà comment j'écris*
*Giraffe.*

En violant le tabou orthographique, la *giraffe* de Prévert se met à gambader allègrement sur ses deux *f* pervers ; elle devient un monstre orthographique, un animal fabuleux et illégal. Par sa complexité et ses raffinements étymologiques, l'orthographe du français est une source inépuisable d'effets poétiques possibles, que vient parfois révéler une faute d'orthographe ingénue.

Jeux de typographie, calligrammes, poétique de l'orthographe, toutes ces pratiques visent un même but : mettre en évidence la matière même de la poésie, la forme sensible, visible des mots.

## POÉSIE CONCRÈTE

Un courant contemporain, qui prend le nom de *« poésie concrète », « poésie spatialiste », « poésie expérimentale »* (ou d'autres encore), s'aventure encore plus près des arts non linguistiques. Les *logogrammes* de Christian Dotremont maintiennent une indispensable présence des mots et du texte, juxtaposés au dessin calligraphié. Mais dans les expériences de poésie visuelle, de constructions typographiques, de photomontages, les frontières de la poésie, art du langage, sont souvent franchies dans un éclat de rire iconoclaste. Julien Blaine, animateur de plusieurs revues de ce courant, expose ainsi son cheminement :

« (...) *comme les autres, on a commencé par faire de belles phrases sur du papier bouffant ordinaire, puis on a cassé les phrases, un mot ça devait pouvoir en dire plus, pouvoir dire autrement ; on a joué avec les mots sur le papier, et puis les mots ont joué presque tout seuls sur le papier, et puis les lecteurs ont joué avec les mots sur le papier ; et puis on a transformé le papier, on l'a plié, on l'a découpé, et les mots se sont transformés dans les pliures, ils se sont découvert des attirances, des haines, des neutralités, dans les découpages ils se sont aperçus qu'ils étaient différents, qu'ils pouvaient s'associer différemment, le lecteur avec le mot s'est détaché de la phrase, ils se sont retrouvés ensemble pour se baiser au coin d'une page. Dans les découpages il y avait même des mots défigurés qui ressemblaient à des images, à des figures, à des signes ; alors on a bousillé les livres et on a regardé le monde, c'était plein de mots : les ponts sur les fleuves, les tours et les fenêtres ; c'est lettré le monde, fantastiquement lettré.* »

(Julien Blaine, « À propos du cirque »,
dans *Approches* (revue de recherche), n° 4, mai 1969)

Il faut bien voir que cet « adieu au livre » (presque gidien, malgré le ton libertaire propre aux années 1968) repose sur le postulat que le monde est un livre, que le monde s'écrit lui-même partout (mais Hugo déjà croyait lire dans les tours de Notre-Dame la lettre H gigantesque, sa propre initiale, comme une signature au cœur de Paris). La poésie, c'est l'écriture du monde. Elle se fait avec tout, puisque tout est lettre.

On peut estimer que ces recherches se parent abusivement du terme de « poésie », qu'elles confondent « poésie » et « poétique ». Le poétique, c'est, si l'on veut, le langage du monde que nous saisissons à travers toutes les formes d'expérience esthétique ; la poésie, dans son sens strict, reste à l'intérieur du langage.

Même exilée par les puristes hors du royaume de la poésie, la *« poésie concrète »* nous offre des expérimentations curieuses et fascinantes, souvent bien amusantes. Elle rappelle opportunément que le poème est aussi un objet visuel. Bien des poètes le savent, qui attachent tant d'importance à tous les détails pratiques de la fabrication de leurs livres de poèmes. Par exemple, Apollinaire préparant, en 1914, l'édition d'un premier livre de calligrammes sous le titre *« Et moi aussi je suis peintre »* (la guerre fit capoter le projet) avait rêvé d'une impression coloriée (peut-être au pochoir) de ses *« poèmes idéographiques ».*

## POÉSIE ET VÉRITÉ

Quand la poésie rivalise avec les arts plastiques, elle court le risque d'abandonner sa spécificité ; quand elle se complaît aux jeux sonores de l'harmonie imitative (on a vu qu'ils sont parfois poussés jusqu'au ridicule), elle se fourvoie du côté de la représentation. Or toute la réflexion moderne sur la poésie vise à l'en séparer. On répète que la poésie n'a pas à montrer un monde déjà là, déjà constitué : ce qui est la tâche de la prose. La poésie, elle, est acte de rébellion et d'invention. *« La création poétique est d'abord violence faite au langage. Son premier acte est de déraciner les mots »,* affirme Octavio Paz *(L'Arc et la Lyre).*

La poésie est rebelle quand elle refuse l'arbitraire du signe, quand elle refuse l'échec du langage. Les recherches du mimétisme poétique participent de cette révolte contre un usage appauvrissant du langage. La poésie est invention quand les mots du poème suscitent des mondes nouveaux, qu'ils libèrent tous les possibles, qu'ils laissent affleurer un désir qu'ils tendent à réaliser : on reconnaît là l'un des thèmes fondateurs du surréalisme.

La poésie se distingue de la prose non pas parce qu'elle dit mieux, ni même parce qu'elle dit autrement, mais parce qu'elle dit plus, et qu'elle dit autre chose. Or, l'expérience de tout lecteur de poèmes le montre, il n'est rien de plus difficile à définir et exprimer que ce « plus » ou cette « autre chose ». Si l'on tente d'expliciter ce que « dit » la poésie, le sens s'affaiblit, se banalise, s'évanouit. C'est ce que doit constater le narrateur dans *Ferdydurke,* œuvre du romancier polonais W. Gombrowicz, quand on lui demande d'interpréter le sens d'un de ses poèmes étranges :

*« ... après un moment de méditation je réussis à traduire en langage intelligible le contenu de la strophe suivante :*

*LE POÈME*

*Les horizons éclatent comme des bouteilles*
*La tache verte pousse vers le ciel*
*Je retourne à l'ombre des sapins*
*et là-bas :*
*Je bois la dernière gorgée inassouvissante*
*De mon printemps quotidien*

*MA TRADUCTION*

*Les cuisses, les cuisses, les cuisses,*
*Les cuisses, les cuisses, les cuisses, les cuisses,*
*La cuisse.*
*Les cuisses, les cuisses, les cuisses. »*

W. Gombrowicz, *Ferdydurke,*
Julliard édit.

Ce que *Ferdydurke* nous invite à comprendre, c'est que, sous les mêmes lieux communs (les « grands thèmes » du lyrisme universel : l'amour, la mort, l'angoisse métaphysique, etc.), tous les poèmes du monde répètent la même petite chanson, déguisement transparent pour la grande force des pulsions, pour l'inlassable piétinement du désir.

En fait, toute « traduction » d'un poème en un langage non poétique ne fournit qu'un sens trompeur : parce que le poème n'a de sens qu'en lui-même, parce que le poème n'a de sens que lui-même. Le poème ne montre pas autre chose que son propre fonctionnement, c'est-à-dire son effort pour dire ce qui ne peut pas se dire. C'est pourquoi le poème n'est jamais représentation d'un donné, mais tension, sens à venir. *« Le poème transcende le langage. (...) Le poème est langage — et langage originel, antérieur à sa mutilation dans la prose ou la conversation — mais il est aussi quelque chose de plus. Et ce quelque chose est inexplicable par le langage, quoiqu'il ne puisse être atteint que par lui. Né de la parole, le poème débouche sur quelque chose qui le dépasse »* (Octavio Paz).

Il est donc possible d'inverser le point de vue de dérision adopté par *Ferdydurke :* la poésie ne dit que ce qu'il y a au fond de l'homme, précisément elle dit ce qui fonde l'homme. Un jeune poète contemporain, Raoul Piron, la définit comme *« exercice continuel de métaphysique concrète »*. Il existe une affinité profonde entre la poésie et ce que les philosophes appellent l' *« être »*. Octavio Paz est souvent revenu sur cette vocation métaphysique de la poésie. Au point de départ, ce constat : *« La parole est l'homme même. Nous sommes faits de paroles. Elles sont notre unique réalité ou, pour le moins, l'unique témoignage de notre réalité. »* En affichant sa pratique du langage, c'est-à-dire en pratiquant la poésie, l'homme met en avant son être. *« L'homme est homme grâce au langage, c'est-à-dire grâce à la métaphore originelle qui le rendit autre et le sépara du monde naturel. L'homme est un être qui s'est créé lui-même en créant un langage. Par la parole, l'homme est une métaphore de lui-même.* » La poésie, en affrontant le langage, ramène l'homme à son origine ontologique : « *Le poème nous remet en mémoire ce que nous avons oublié : ce que réellement nous sommes.* »

Le philosophe Martin Heidegger (qui a longuement médité l'expérience poétique d'Hölderlin) développe une réflexion très proche : « *le plus dangereux de tous les biens, le langage, a été donné à l'homme (...) pour qu'il témoigne de ce qu'il est.* » Et ailleurs : « *La langue est la maison de l'être. Dans son abri l'homme a sa demeure. Les penseurs et les poètes sont les gardiens de cet abri.* » On conçoit donc que « *l'essence du poème* (soit) *l'instauration de la vérité.* »

La poésie est la forme du langage par laquelle l'homme (se) donne à voir. Révélation et dévoilement, elle est par là-même ouverture sur l'être : « *Le poème révèle ce que nous sommes et nous invite à être ce que nous sommes* » (Octavio Paz).

Nulle sublimité dans cette vocation ontologique de la poésie : il ne s'agit pas de faire planer le poète dans le ciel immaculé des concepts. Au contraire : l'écriture poétique se charge du poids des mots, elle patauge dans la matière du langage (« *humilité du sol verbal* [...] *où la liberté tâtonne sur les mots comme le marcheur bute sur les pierres et où le temps poétique ronge l'écriture comme le soc de la charrue creuse obstinément le sillon* ». J. Garelli, *La Gravitation poétique,* 1966). C'est parce qu'elle est surgissement, arrachement à la matière même des mots, et qu'elle se donne pour telle, que la poésie figure (et accomplit) la relation de l'homme au monde. « *Le poème fait voir le monde parce qu'il est lui-même un monde qui se fait voir* » (J. Garelli).

## RÉFÉRENCES ET LECTURES COMPLÉMENTAIRES

On aura trouvé dans le corps du chapitre les renvois aux réflexions capitales : celles de Baudelaire, Mallarmé, Claudel, Valéry et bien sûr :


J.-P. SARTRE, *Qu'est-ce que la littérature ?,* Paris, Gallimard, 1948, rééd. coll. Folio-Essais.

J.-P. SARTRE, « Orphée noir », dans *Situations III,* Paris, Gallimard, 1949.

M. BLANCHOT, *La Part du feu,* Paris, Gallimard, 1949.

M. BLANCHOT, *L'Espace littéraire,* Paris, Gallimard, 1955, rééd. coll. Idées.

M. BLANCHOT, *Le Livre à venir,* Paris, Gallimard, 1959, rééd. coll. Folio-Essais.

• *Sur la théorie des genres littéraires :*

T. TODOROV, *Les Genres du discours,* Paris, Seuil, 1978.

R. JAKOBSON, « Notes marginales sur la prose du poète Pasternak », dans *Questions de poétique,* Paris, Seuil, 1973.

• *Sur la définition de la poésie comme « écart » :*

J. COHEN, *Structure du langage poétique,* Paris, Flammarion, 1966, rééd. coll. Champs.

Cet ouvrage a suscité en son temps une assez vive polémique, on en trouvera des échos dans :
N. GUEUNIER, « La pertinence de la notion d'écart en stylistique », dans *Langue française,* n° 3, septembre 1969.
G. GENETTE, « Langage poétique, poétique du langage », dans *Figures II,* Paris, Seuil, 1969, rééd. coll. Points.
Jean Cohen a repris et approfondi sa réflexion dans : J. COHEN, *Le Haut Langage,* Paris, Flammarion, 1979.

• *Sur la « motivation » du langage poétique :*
G. GENETTE, « Le jour, la nuit », dans *Figures II,* Paris, Seuil, 1969, rééd. coll. Points.
G. GENETTE, *Mimologiques,* Paris, Seuil, 1976.
R. JAKOBSON, *Six leçons sur le son et le sens,* Paris, Éd. de Minuit, 1976.

• *Sur le sens des sons :*
M. GRAMMONT, *Les vers français,* Paris, Delagrave, 1947.
C. TATILON, *Sonorités et texte poétique,* Montréal, Didier, 1976.

• *Sur la poésie phonique, spatiale et concrète :*
J.-P. CURTAY, *La Poésie lettriste,* Paris, Seghers, 1974.
P. GARNIER, *Spatialisme et poésie concrète,* Paris, Gallimard, 1968.
A.-M. BASSY, « Forme littéraire et forme graphique : les schématogrammes d'Apollinaire », *Scolies,* n° 2, 1973-1974. (On trouvera dans cet article une analyse très suggestive du calligramme « La cravate et la montre ».)
R. MASSIN, *La Lettre et l'Image,* Paris, Gallimard, 1970.
C.C.I. Centre Georges Pompidou, *L'Image des mots,* Paris, Centre Georges Pompidou, 1985. (Catalogue très illustré d'une exposition consacrée au graphisme et à la typographie.)
M. LOREAU, *Dotremont. Logogrammes,* Paris, G. Fall, 1975.
M. BUTOR et M. SICARD, *Dotremont et ses écritures,* Paris, J.-M. Place, 1978.
La revue *DOC(K)S,* en principe trimestrielle, publie chaque année plusieurs numéros spéciaux consacrés à la poésie expérimentale.

• *Sur les synesthésies :*
Outre les analyses de G. Genette dans *Mimologiques :*
R. ÉTIEMBLE, *Le Sonnet des voyelles,* Paris, Gallimard, 1968. (Étude de toutes les interprétations suscitées — à la date de parution de l'ouvrage — par le célèbre sonnet de Rimbaud.)
M. DE CHAZAL, *Sens plastique,* Paris, Gallimard, 1948, rééd. coll. L'Imaginaire.

• *Sur la vocation métaphysique de la poésie :*
M. HEIDEGGER, *Hölderlin et l'Essence de la poésie,* rééd. dans *Qu'est-ce que la métaphysique ?,* Paris, Gallimard, 1938 et dans *Approche de Hölderlin,* Paris, Gallimard, 1962.
M. HEIDEGGER, *Lettre sur l'humanisme,* rééd. dans *Questions III,* Paris, Gallimard, 1966.
J. GARELLI, *La Gravitation poétique,* Paris, Mercure de France, 1966.
Toute l'œuvre de René Char constitue une interrogation sans cesse reprise sur ces problèmes.
Un ouvrage collectif (*Wozu ? (À quoi bon des poètes en un temps de manque ?),* Paris, Le Soleil noir, 1978) rassemble les réponses (près de 150 !) de poètes contemporains à la question d'Hölderlin : à quoi bon des poètes... ?

# 4 *Le langage poétique*

Toutes les réflexions sur la poésie, aussi bien dans la tradition occidentale, d'Aristote aux modernes formalistes, que du côté des poétiques de l'Inde, de la Chine ou du Japon, se rencontrent sur ce constat que le poète est un être qui ne parle pas, qui n'écrit pas comme tout le monde. Son langage le met à part des autres hommes.

Même la conception classique, qui soumet la poésie au devoir d'imitation, affirme une certaine distance du poème au langage commun. L'adage latin d'Horace, *ut pictura poesis* (la poésie est comme une peinture), qui propose à la poésie le projet d'imiter le réel, vulgarise la leçon d'Aristote. Mais celui-ci, posant que *« l'imitation et l'harmonie ont produit la poésie »*, indique que l'imitation plate ne suffit pas : il faut à la poésie un langage plus plein, plus séduisant : celui de l' *« harmonie »*. Au XVIII^e^ siècle, reprenant le thème aristotélicien, Marmontel ne se satisfait pas non plus de la simple imitation : *« La poésie est une peinture qui parle ou, si l'on veut, un langage qui peint. »* Pour faire peindre la poésie et parler la peinture, les poètes du XVIII^e^ siècle ont codifié une « langue poétique » nettement séparée de la langue de tous les jours, et même de celle de la prose la plus châtiée, et fondée sur un lexique particulier (n'accueillant que des mots « nobles » et rejetant les mots « bas »), sur une syntaxe propre (privilégiant par exemple les inversions), sur l'abondance des images (avec une prédilection pour les périphrases, personnifications et allégories). Ainsi dans cet éloge des vertus des végétaux par l'abbé Delille :

*Du pommier neustrien ainsi le jus brillant*
*Prodigue au moissonneur son nectar pétillant ;*
*Le houblon, froid rival de l'arbuste bachique,*
*Entretient des cafés le babil politique.*
*Le feuillage chinois, par un plus doux succès,*
*De nos dîners tardifs corrige les excès,*
*Et, faisant chaque soir sa ronde accoutumée,*
*D'une chère indigeste apaise la fumée.*

(*Les Trois Règnes,* 1808)

Il faut évidemment décrypter les énigmes de ces périphrases accumulées pour comprendre qu'il s'agit du cidre de Normandie, de la bière opposée au vin et du thé aux vertus digestives. Le plaisir que dispensait ces vers (l'abbé Delille connut un succès considérable auprès de ses contemporains) tenait sans doute à la gymnastique intellectuelle qu'ils imposaient : ils rendaient sensibles la distance de la langue poétique. La génération romantique se définit en s'opposant à cette poésie néoclassique (en mettant avec Hugo *« un bonnet rouge au vieux dictionnaire »*) et en décrétant sa langue artificielle, et donc non poétique. C'était refuser de voir que, pour les néoclassiques, il y avait un réel effet poétique procédant de l'éloignement, du raffinement, des artifices de leur langue. Les *Iambes* d'André Chénier, poème de douleur et de haine du condamné attendant la mort dans sa prison, commencent par une périphrase alambiquée (stigmatisée dans beaucoup d'éditions scolaires) évoquant l'aiguille de l'horloge ou de la montre :

*Peut-être avant que l'heure en cercle promenée*
*Ait posé sur l'émail brillant*
*Dans les soixante pas où sa route est bornée,*
*Son pied sonore et vigilant,*
*Le sommeil du tombeau pressera ma paupière.*

(1794)

Certes, ces images ne correspondent plus au goût moderne. Mais, dans l'esthétique de l'époque, leur recherche désignait le texte comme poétique et contribuait donc à l'effet d'émotion qu'il recherche. Ou, pour reprendre les termes de Marmontel, à faire parler la peinture de la douleur et de la haine.

Les conceptions modernes de la poésie tournent le dos à l'esthétique classique. Elles ont abandonné l'idéal de l'imitation. Mais elles mettent au premier plan, elles aussi, la recherche d'un langage, d'un langage différent. On connaît la célèbre réponse de Mallarmé à Degas : *« Ce n'est pas avec des idées qu'on fait un poème, c'est avec des mots. »* Le poète n'est rien d'autre qu'un assembleur de mots. Mais il se distingue des autres utilisateurs du langage, car il ne vise pas des fins extérieures : toute son activité est centrée sur le langage lui-même. En ne se soumettant plus aux impératifs de la représentation, la poésie devient autonome. C'est au XIX$^{e}$ siècle que la revendication d'une autonomie du langage poétique est apparue en toute netteté. Le poète allemand Novalis (1772-1801), suivi par la tradition romantique, assigne à la peinture et à la poésie le modèle de la musique qui, refusant le mirage de la représentation, se déploie dans le jeu pur de ses propres éléments. Dans cette direction, Baudelaire, interprétant Edgar Poe, affirme que la poésie *« n'a pas d'autre but qu'elle-même »*. En poésie, le langage semble oublier son devoir de communication ; il se regarde lui-même dans son fonctionnement pur.

## FONCTIONS DU LANGAGE

Roman Jakobson, linguiste issu de l'avant-garde russe (futuriste et formaliste) du début du XX$^{e}$ siècle, a proposé la théorie la plus cohérente de l'autonomie du langage poétique. Dans un chapitre devenu classique de ses *Essais de linguistique générale,* il analyse les composantes de l'acte de communication linguistique et les fonctions du langage qui y sont en jeu. Si la « fonction de communication » est dirigée vers le signifié, la « fonction poétique » se centre sur le signe lui-même, et plus précisément sur le signifiant. La langue poétique se développe comme une exacerbation de la fonction poétique, dans un perpétuel retour du langage sur lui-même. Elle est à l'opposé de la langue commune qui s'anéantit dans sa fonction de communication.

## LES FONCTIONS DU LANGAGE SELON ROMAN JAKOBSON

Le tableau suivant résume l'articulation des fonctions du langage dans l'analyse de la communication par Roman Jakobson :

| | | |
|---|---|---|
| | Contexte<br>*Fonction référentielle* | |
| Destinateur<br>(locuteur)<br>*Fonction émotive* | Message<br>*Fonction poétique*<br><br>Contact<br>*Fonction phatique* | Destinataire<br>*Fonction conative* |
| | Code<br>*Fonction métalinguistique* | |

La fonction émotive (ou expressive) « *vise à une expression directe de l'attitude du sujet à l'égard de ce dont il parle* » : les interjections, les variantes d'intonation la manifestent clairement. La fonction conative, « *orientation vers le destinataire* », « *trouve son expression grammaticale la plus pure dans le vocatif et l'impératif* ». Dans la fonction référentielle, l'acte de langage est centré sur le contexte, c'est-à-dire sur ce dont on parle. La fonction phatique sert essentiellement « *à établir, prolonger ou interrompre la communication, à vérifier si le circuit fonctionne* » et la fonction métalinguistique à vérifier que destinateur et destinataire utilisent bien le même code (explication des termes qui n'ont pas été compris, etc.). La fonction poétique enfin est « *visée du message en tant que tel* » ; en mettant « *l'accent sur le message pour son propre compte* », elle « *met en évidence le côté palpable des signes* ».
Comme le souligne Jakobson, « *il serait difficile de trouver des messages qui rempliraient seulement une seule fonction* ». Un message poétique n'est pas un message où règne la seule fonction poétique : celle-ci y est la fonction dominante, cependant que les autres fonctions jouent un rôle accessoire. La fonction émotive se manifeste dans une élégie, la fonction conative dans un poème révolutionnaire, mais elles restent secondaires par rapport à la fonction poétique, qui commande l'organisation linguistique du poème. Réciproquement, la fonction poétique peut être utilisée dans des messages à dominance référentielle : les slogans publicitaires font appel au fonctionnement poétique du langage pour s'imprimer dans la mémoire des consommateurs potentiels, mais c'est bien le contenu du message (l'incitation à l'achat) qui détermine sa structure linguistique.

## LA FONCTION POÉTIQUE

La fonction poétique privilégie toutes les procédures qui rendent le message visible en tant que tel. Les plus simples sont celles qui laissent l'initiative au matériau du langage. Les propriétés phoniques de mots, comme dans les comptines et les slogans, gouvernent de façon autonome l'organisation du message poétique. Comme dans ce poème de Max Jacob :

*AVENUE DU MAINE*

*Les manèges déménagent.*
*Manèges, ménageries, où ?... et pour quels voyages ?*
*Moi qui suis en ménage*
*Depuis... ah ! y a bel âge !*
*De vous goûter, manèges,*
*Je n'ai plus... que n'ai-je ?...*
*L'âge.*
*Les manèges déménagent.*
*Ménager manager*
*De l'avenue du Maine*
*Qui ton manège mène*
*Pour mener ton ménage !*
*Ménage ton manège*
*Manège ton manège.*
*Manège ton ménage*
*Mets des ménagements*
*Au déménagement.*
*Les manèges déménagent.*
*Ah ! vers quels mirages ?*
*Dites pour quels voyages*
*Les manèges déménagent.*

(*Les Œuvres burlesques et mystiques du frère Matorel*, 1912, Gallimard, éd.)

Un autre principe organisateur, « *indispensable dans toute œuvre poétique* », est résumé dans une formule célèbre : « *La fonction poétique projette le principe d'équivalence de l'axe de la sélection sur l'axe de la combinaison.* » Cette formulation un peu abrupte rappelle qu'ordinairement le locuteur qui souhaite prendre la parole *sélectionne* parmi les équivalents possibles (par exemple des synonymes) le ou les terme(s) désignant ce dont il veut parler et le ou les combine avec d'autres pour en dire quelque chose. Ce que représente le tableau suivant :

| | | |
|---|---|---|
| *L'enfant* | *mange* | *un bonbon.* |
| *Le garçon* | *croque* | *une dragée.* |
| *Toto* | *savoure* | *une sucrerie.* |

Les lignes horizontales figurent les axes de combinaison ; les colonnes verticales marquent les axes de sélection ou équivalence.

Dans le langage courant, les permutations sont possibles, mais à l'intérieur des colonnes d'équivalence : *L'enfant savoure une dragée ; Toto croque un bonbon...* En poésie, l'équivalence devient le principe d'organisation de la séquence combinatoire. Supposons une série de termes qui, dans des contextes différents, pourraient être appliqués à la terre :

*La terre est ronde.*
*La terre est comme une orange.*
*La terre est bleue* (du moins vue du cosmos).

En projetant, selon la formule de Jakobson, le principe d'équivalence sur l'axe combinatoire, on peut obtenir le vers de Paul Éluard :

*La terre est bleue comme une orange.*

Peu importe si ce vers est né d'une « chose vue » : une orange abandonnée sur une coupe à fruits et retrouvée gâtée, bleuissante, au retour d'un voyage. Il surprend parce qu'il combine des équivalences troublantes.

Toute versification repose sur une combinatoire d'équivalences, puisque chaque syllabe, par sa position ou par sa nature (longue ou brève, accentuée ou non accentuée), est mise en rapport d'équivalence ou d'opposition avec toutes les autres syllabes de la séquence versifiée. Le vers n'est senti comme vers que si l'on compare entre eux les éléments qui le constituent, pour y retrouver le nombre et l'organisation conventionnels des syllabes.

Cette conception de la fonction poétique implique une adaptation réciproque de la partie au tout. Chaque élément d'un poème demande à être pris en compte pour la compréhension du message poétique, et réciproquement celui-ci conditionne la présence et la place de chaque élément. L'altération d'une seule syllabe — fût-elle à peine sensible — modifie l'équilibre sonore et les effets de sens. C'est l'exemple souvent repris du vers de Malherbe :

*Et les fruits passeront la promesse des fleurs.*

Qu'on remplace le singulier par un pluriel — ce qui ne nécessite qu'une modification phonétique minime (un [e] se substitue à un [a]) :

**Et les fruits passeront les promesses des fleurs.*

Aussitôt le charme est rompu, l'harmonie et le sens ont changé, le pluriel, plus concret, dissipe la valeur d' *« allégorie métaphysique »* que procurait le singulier.

Une autre conséquence de la fonction poétique, quand elle attire l'attention sur la matérialité du message lui-même, c'est qu'elle perturbe la communication, qu'elle met en face d'un langage qui résiste et devient opaque. En laissant jouer des possibilités que néglige ou refuse la langue de communication, elle produit des effets incongrus et d'étranges ruptures. Jakobson dit que la langue poétique accentue *« un élément de conflit et de déformation »*. La rime, par exemple, provoque des rencontres saugrenues, tout comme les jeux et les échos de sonorités dans ce poème de Robert Desnos :

*Un à un*
*les huns*
*passent l'Aisne*
*Nos aines confondent nos haines,*
*Henri Heine*
*Un à un*
*les huns*
*deviennent des nains*
*Perdez-vous dans l'Ain*
*et non dans l'Aisne.*
*Hein ?*

(*L'Aumonyme,* 1923, repris dans *Corps et biens,* Gallimard, éd.)

La fonction poétique accentue donc l' « étrangeté » du poème. Des courants comme le symbolisme ou le futurisme, s'abandonnant à l'aventure phonétique et au goût des ruptures, en ont fait le principe dominant de leur esthétique. Apollinaire, qui participe des deux mouvements, cultive la surprise comme le grand ressort de l' *« esprit nouveau »*. Dans « Palais » (publié dans *Alcools*), il s'amuse à violenter les langueurs symbolistes :

*On voit venir au fond du jardin mes pensées*
*Qui sourient du concert joué par les grenouilles*
*Elles ont envie des cyprès grandes quenouilles*
*Et le soleil miroir des roses s'est brisé*

*Le stigmate sanglant des mains contre les vitres*
*Quel archer mal blessé du couchant le troua*
*La résine qui rend amer le vin de Chypre*
*Ma bouche aux agapes d'agneau blanc l'éprouva*

*Sur les genoux pointus du monarque adultère*
*Sur le mai de son âge et sur son trente et un*
*Madame Rosemonde roule avec mystère*
*Ses petits yeux tout ronds pareils aux yeux des Huns*

(publié pour la première fois en 1905)

Le disparate devient la loi du poème : au goût symboliste pour les images heurtées, en kaléidoscope, se superposent le mélange des tons et des genres, les brisures du rythme, la prédilection pour les figures de juxtaposition.

Si la fonction poétique rend le poème « étrange », le lecteur doit apprendre à déchiffrer sa langue devenue étrangère. Il lui faut découvrir les règles nouvelles que chaque poème s'invente pour pouvoir signifier autrement. Comme le remarque le poète contemporain Jean-Claude Renard, dans une de ses *Notes sur la poésie* (1970) : *« Chaque poème établit ses propres lois par rapport à celles des autres poèmes et se présente, par le fait, comme ce qui change ces autres lois. »*

## UNE LANGUE ÉTRANGÈRE ?

Entrer dans un poème, c'est donc éprouver le sentiment qu'on accède à une langue étrangère. De fait, la langue poétique de l'époque classique s'était constitué un lexique particulier : *azur, fer, glaive, hymen, mortel* (employé comme nom pour dire « homme »), *onde, songe, trépas,* etc. Nos dictionnaires notent le caractère « littéraire » ou « vieilli » de ces termes. L'époque romantique a souhaité porter la révolution dans la langue poétique et réduire ces mots nobles au sort commun :

*Plus de mot sénateur ! plus de mot roturier ! (...)*
*J'ai, contre le mot noble à la longue rapière*
*Insurgé le vocable ignoble, son valet (...)*
*J'ai dit à la narine : Eh mais ! tu n'es qu'un nez !*
*J'ai dit au long fruit d'or : Mais tu n'es qu'une poire !*

(Victor Hugo, « Réponse à un acte d'accusation »,
*Les Contemplations,* 1856)

L'offensive romantique a effectivement ouvert le lexique poétique français à des mots jusqu'alors interdits de séjour. Baudelaire y introduit même des termes empruntés à la modernité technique :

*Emporte-moi, wagon ! enlève-moi, frégate !*

Mais le même Baudelaire conserve ses faveurs au vocabulaire « noble », et jusqu'au mot « narine » auquel Hugo faisait un sort :

*Pendant que le parfum des verts tamariniers,*
*Qui circule dans l'air et m'enfle la narine,*
*Se mêle dans mon âme au chant des mariniers.*

(« Parfum exotique », *Les Fleurs du Mal*)

Le lexique recherché de la poésie classique continue de vivre chez les poètes modernes, même chez Paul Éluard, si soucieux de *« l'évidence poétique* » et dont le vocabulaire s'enracine dans le quotidien le plus immédiat (les titres de ses recueils sont très significatifs : *La Vie immédiate ; Le lit la table*). Cependant, au détour d'un poème, les mots nobles réapparaissent : *« Au cœur mort des mortels »* ou *« De l'eau à l'azur des sauterelles »*. Chez Saint-John Perse, les vieux mots de la langue poétique classique se rencontrent à côté des termes les plus techniques et les plus rares. Ainsi, dans le verset initial d'*Amers* (1957) :

*Et vous, Mers, qui lisiez dans de plus vastes songes, nous laisserez-vous un soir aux rostres de la Ville, parmi la pierre publique et les pampres de bronze ?*

*« Songes »*, qui, par sa récurrence, va devenir un des mots-thèmes du poème, et *« rostres »* (éperons de navire et tribune aux harangues dans la Rome antique), qui fait problème pour le lecteur peu familier de l'Antiquité latine, produisent l'un et l'autre un effet poétique qu'on peut rapporter à leur « étrangeté » (« songe » ne s'emploie pas dans la langue et la prose non soutenues).

Quels sont les mots qui sont les plus propres à former le lexique de la langue poétique ? La réponse, on l'a vu, est contradictoire. Ou bien la poésie se réserve un vocabulaire choisi, séparé, valorisé, ou bien les mots sont égaux en droit et ont tous libre accès au grand jardin de la poésie. Éluard prolonge la revendication libertaire et égalitaire de V. Hugo quand il publie, en 1937, une plaquette à la typographie très calculée : *Quelques-uns des mots qui jusqu'ici m'étaient mystérieusement interdits.* Comme s'il existait des mots d'un statut poétique inférieur, des mots-parias. Pourtant, le fait d'introduire un mot, n'importe lequel, dans un texte reconnu comme poésie, n'en fait-il pas *ipso facto* un « mot poétique » ? De la même façon, en s'emparant d'un égouttoir à bouteille ou d'un urinoir, en leur donnant un titre (l'urinoir devient « fontaine »), en leur imposant sa signature, Marcel Duchamp les transforme (ironiquement ?) en œuvres d'art. C'est le geste qui fait ici l'œuvre d'art ou le poème. D'une phrase plate et sans apparente grâce poétique *(« Le 31 du mois d'août 1914, je partis de Deauville un peu avant minuit dans la petite auto de Rouveyre »),* Guillaume Apollinaire fait l'incipit d'un émouvant poème de *Calligrammes* (« La petite auto ») :

*Le 31 du mois d'Août 1914*
*Je partis de Deauville un peu avant minuit*
*Dans la petite auto de Rouveyre*

La mise en vers (blancs typographiques, passages à la ligne et majuscules à l'initiale de vers), la suppression de la ponctuation jouent le même rôle que la signature sur un objet pour Marcel Duchamp et désignent le texte comme « poésie ». Et peut-être la banalité de la phrase, inattendue dans un poème, produit-elle un paradoxal effet poétique : un surprenant effet de surprise, pour reprendre le terme-clef de l'esthétique d'Apollinaire.

## POÉSIE DU MOT

Les mots paraissent étrangers et donc poétiques quand on les invente (néologismes), quand on les tire de strates particulières de la langue (archaïsmes, provincialismes, termes argotiques ou techniques), quand on les emprunte à une langue vraiment étrangère, quand on les détourne de leur sens habituel (par des figures de style que la rhétorique classique appelait des tropes), quand on utilise des noms propres (qui désignent un objet unique et ne peuvent faire complètement sens que si l'on connaît cet objet). Chacune de ces catégories pourrait être représentée par une multitude d'exemples :

- ***Néologismes :***

*Un Christ empistolé, tout noirci de fumée*

(Ronsard)

(Comprenons : un Christ comme armé d'un pistolet, enrôlé dans les combats du temps)

*Or, Seul, hanté par l'odorance du Jardin (...)*
*Ouraganer la paix de mon éternité*
*Afin que je m'apprête aux tempêtes futures*

(Saint-Pol-Roux)

*Je crains pas ça tellment où va la bouquinaille*

(Raymond Queneau)

- ***Archaïsmes :***

*Devant l'huis des auberges grises*

(Apollinaire)

- ***Provincialismes :***

*Vous y dansiez petite fille*
*Y danserez-vous mère-grand*
*C'est la maclotte qui sautille*

(Apollinaire)

(La « *maclotte* » est une danse de la région de Stavelot, dans les Ardennes.)

- ***Emploi d'un vocabulaire technique :***

*Enfin les hommes de science — physiciens, pétrographes et chimistes : flaireurs de houilles et de naphtes, grands scrutateurs des rides de la terre et déchiffreurs de signes en bas âge ; lecteurs de purs cartouches dans les tambours de pierre, et, plus qu'aux placers vides où gît l'écaille d'un beau songe, dans les graphites et dans l'urane cherchant le minuit d'or où secouer la torche du pirate, comme les détrousseurs de Rois aux chambres basses du Pharaon.*

(Saint-John Perse, *Vents*, 1960)

• ***Mots étrangers :***

*Tout l'affreux passé saute, piaule, miaule et glapit*
*Dans le brouillard rose et jaune et sale des Sohos*
*Avec des* indeeds *et des* all rights *et des* haôs.

(Verlaine, « Sonnet boîteux »,
*Jadis et naguère,* 1885)

*Elé-yâye ! De nouveau je chante un noble sujet ; que m'accompagnent kôras et balafong !*

(Léopold Sédar Senghor)

(La *kôra,* harpe ou luth comprenant 16 à 32 cordes tendues sur un long manche et une calebasse jouant le rôle d'une caisse de résonance, et le *balafong,* sorte de xylophone, sont les instruments traditionnels des griots de l'Afrique de l'Ouest.)

• ***Tropes :***

Faut-il donner des exemples ? Métonymies et surtout métaphores sont le pain quotidien des poètes, et elles seront étudiées plus loin pour elles-mêmes.

• ***Noms propres :***

*Rose Auroy, te souviens-tu de ce petit garçon exotique*
*Que la vieille Lola nommait « Milordito » ?*

(Valéry Larbaud)

*Toi qui pâlis au nom de Vancouver*

(Marcel Thiry)

Chez Henri Michaux, explorant la mystérieuse contrée de la « *Grande Garabagne* », les exemples sont d'autant plus troublants qu'ils associent le néologisme et le nom propre :
*« Le travail est mal vu des Emanglons, et, prolongé, il entraîne souvent chez eux des accidents. »*
*« Les Emanglons ne tolèrent pas les célibataires. »*
*« Le dieu* Banu *préfère les poulets, le piment et les yeux d'antilope. Le dieu* Xhan *les grillades, les victimes consumées jusqu'à l'os.* (...) *Le dieu* Kambol, *qui a goûté à l'homme, hélas, est friand de l'homme ou plutôt de la jeune fille, des chairs qui aspirent à la plénitude de la femme, des chairs qui "gravissent encore la pente" ».*

(*Voyage en Grande Garabagne,* 1936)

Dans une esthétique classique, il ne s'agit pas de surprendre. C'est l'autorité du mot qui fait sa force poétique. On fait confiance aux lieux communs, formules et images consacrées, proverbes, dont un long usage garantit l'efficacité. Dans *Le Misanthrope,* Alceste combat l'esthétique trop recherchée du sonnet d'Oronte *(« Et ce n'est point ainsi que parle la nature »)* et lui oppose le *« style vieux »* et *« sans colifichets »* de sa chanson :

*Si le roi m'avait donné*
*Paris, sa grand'ville*
*Et qu'il me fallût quitter*
*L'amour de ma mie*
*Je dirais au roi Henri :*
*Reprenez votre Paris,*
*J'aime mieux ma mie, au gué,*
*J'aime mieux ma mie.*

Alceste fait sans doute sourire en prétendant que, dans cette chanson (qui, en elle-même, n'a rien de ridicule), il entend parler la passion « toute pure ». Et pourtant, il est critique perspicace, car il sent bien que sa chanson n'agit que par la force nue des mots, par leur évidence exposée.

Le mot peut donc être « poétique » selon deux modes opposés, qui correspondent à deux grandes familles de conceptions de la poésie : quand on fait confiance à la pente de la langue qui le porte ou quand on le rend surprenant et comme étranger à la langue.

Cependant, ce n'est pas tellement le mot en lui-même que sa situation dans un poème qui possède une valeur poétique. Rien n'empêche qu'un poème soit composé d'un seul mot. C'est le cas du poème « Ile », dans *Clair de terre* (1923) d'André Breton. Mais le choix d'un corps de caractères géants, leur recherche typographique, la disposition du mot, verticale et de bas en haut, arrache « île » à la langue commune pour en faire un mot-objet mystérieux. Le sort ainsi fait au mot est comme une manière de désigner et d'amplifier le geste provocateur d'André Breton faisant d'un seul mot un poème (voir p. 96).

Il s'agit bien sûr d'un cas-limite et, généralement, les poèmes se composent de groupements de mots qui s'associent, réagissent les uns sur les autres, viennent réveiller leurs virtualités (*« les mots font l'amour »*, disait la formule surréaliste). Les mots dégagent leur puissance poétique selon les deux grandes tendances observées dans la conception de la poésie : par accumulation de leurs effets d'autorité et par le gonflement des variations ou bien par d'éclatantes ruptures.

Pour reprendre l'exemple cité de la *« narine »* de Baudelaire dans « Parfum exotique », le mot produit un effet poétique moins par sa nature (parce que Baudelaire l'emprunte au registre noble de la langue néo-classique) que parce qu'il s'inscrit dans un enchaînement très complexe : formant une rime très riche avec *« marine »* et entrant dans un jeu d'échos sonores avec le couple de rimes voisines (*« tamariniers »/« mariniers »*). Une sorte de saturation phonique se superpose (correspondance !) à la saturation odorante qui *« enfle la narine »*.

Mallarmé (du côté de l'esthétique moderne de la rupture) souligne que *« le poète cède l'initiative aux mots, par le heurt de leurs inégalités mobilisées ;*

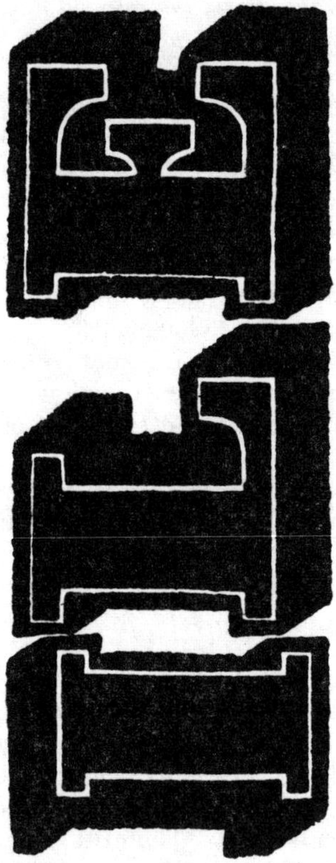

André Breton, *Clair de terre*, éd. Gallimard ©.

*ils s'allument de reflets réciproques comme une virtuelle traînée de feux sur des pierreries »* (*Crise de vers,* 1896). On ne saurait mieux dire que, dans le poème, un mot ne brille que des lueurs projetées sur lui par sa rencontre avec les autres vocables.

## UN PARTI PRIS DES MOTS

En publiant, en 1942, *Le Parti pris des choses,* Francis Ponge semblait annoncer, par ce titre, le projet d'une connaissance contemplative du monde. Ce qu'il découvre en fait, c'est qu'on ne peut approcher les choses qu'à travers l' *« épaisseur vertigineuse du langage ».* Porté par ce qu'il appelle une *« rage de l'expression »,* il invente un mode de travail poétique qui se veut saisie de la *« chose totale » : « Fort souvent il m'arrive, écrivant, d'avoir l'impression que chacune des expressions que je profère n'est qu'une tentative, une approximation, une ébauche ; ou encore que je travaille* parmi *ou* à travers *le dictionnaire un peu à la façon d'une taupe, rejetant à droite ou à gauche les mots, les expressions, me frayant un chemin à travers eux, malgré eux. »* Car comment aller aux choses hors des mots ? Ainsi, dans ce texte sur « le verre d'eau » :

« Le mot VERRE D'EAU serait en quelque façon adéquat à l'objet qu'il désigne... Commençant par un V, finissant par un U, les deux seules lettres en forme de vase ou de verre. Par ailleurs, j'aime assez que dans VERRE, après la forme (donnée par le V), soit donnée la matière par les deux syllabes ER RE, parfaitement symétriques comme si, placées de part et d'autre de la paroi du verre, l'une à l'intérieur, l'autre à l'extérieur, elles se reflétaient l'une en l'autre. Le fait que la voyelle utilisée soit la plus muette, la plus grise, le E, fait également très adéquat. Enfin, quant à la consonne utilisée, le R, le roulement produit par son redoublement est excellent aussi, car il semble qu'il suffirait de prononcer très fort ou très intensément le mot VERRE en présence de l'objet qu'il désigne pour que, la matière de l'objet violemment secouée par les vibrations de la voix prononçant son nom, l'objet lui-même vole en éclats. (Ce qui rendrait bien compte d'une des principales propriétés du verre : sa fragilité.)

« Ce n'est pas tout. Dans VERRE D'EAU, après VERRE (et ce que je viens d'en dire) il y a EAU. Eh bien, EAU à cette place est très bien aussi : à cause d'abord des voyelles qui le forment. Dont la première, le E, venant après celui répété qui est dans VERRE, rend bien compte de la parenté de matière entre le contenant et le contenu, — et la seconde, le A (le fait aussi que comme dans ŒIL il y ait là diphtongue suivie d'une troisième voyelle) — rend compte de l'œil que la présence de l'eau donne au verre qu'elle emplit (œil, ici, au sens de lustre mouvant, de poli mouvant). Enfin, après le côté suspendu du mot VERRE (convenant bien au verre vide), le côté lourd, pesant sur le sol, du mot EAU fait s'asseoir le verre et rend compte de l'accroissement de poids (et d'intérêt) du verre empli d'eau. J'ai donné mes louanges à la forme du U. »

Francis Ponge, *Le Grand Recueil,* Gallimard, éd.

# FIGURES

La langue poétique se distingue donc par des particularités qui ont dès longtemps attiré l'attention : libertés que les poètes prennent avec la syntaxe, la morphologie, voire l'orthographe courantes ; choix de lexiques spécifiques ; contraintes phonétiques (effets d'expressivité sonore) surimposées à la langue. La rhétorique traditionnelle a recensé toutes les *figures* susceptibles d'affecter le langage poétique et qui sont autant de possibilités de rendre visible le langage en tant que tel, donc de faire valoir la « fonction poétique ». D'où l'assimilation parfois établie entre langage figuré et langage poétique : l'emploi de figures rhétoriques pouvant constituer un critère d'appartenance au domaine poétique. Ce qui est peut-être une illusion, car on rencontre beaucoup de figures dans des textes non poétiques, qui font appel subsidiairement à la fonction poétique du langage, et l'on peut imaginer des poèmes sans figures, puisqu'il suffit d'un geste pour ériger un poème : arracher un énoncé à la langue courante (qui court droit devant elle sans se poser de problèmes), comme André Breton étalant le mot « île » sur la page, comme Apollinaire (au début de « La petite auto »), c'est déjà le constituer en texte de poésie.

## FIGURES DE CONSTRUCTION

Les principales figures de construction par suppression d'un terme (qu'on dit « sous-entendu ») sont **l'ellipse,** le **zeugme** et l'**asyndète.**

• L'***ellipse,*** d'après la définition de Fontanier, dans son traité classique des *Figures du discours* (1818), consiste en « *la suppression de mots qui seraient nécessaires à la plénitude de la construction, mais que ceux qui sont exprimés font assez entendre pour qu'il ne reste ni obscurité ni incertitude* ».
Henri Michaux joue sur les ellipses propres au style télégraphique dans « Télégramme de Dakar » :

*Baobabs beaucoup baobabs*
*baobabs*
*près, loin, alentour,*
*Baobabs, Baobabs.*

(*Lointain intérieur,* 1938)

L'ellipse du verbe produit la phrase nominale, qui est un des recours fréquents de la poésie moderne. En effet, posant une réalité en dehors d'un procès, la phrase nominale l'arrache au temps et lui confère un statut déjà poétique ; la phrase nominale est, si l'on veut, l'équivalent du geste du poète arrachant ses mots à la langue courante.

*Et les servantes de ma mère, grandes filles luisantes...*
*Et nos paupières fabuleuses... Ô*
*clartés ! ô faveurs !*

(Saint-John Perse, *Éloges*)

• Le ***zeugme*** réunit plusieurs membres de phrase par un élément qui leur est commun et qui n'est pas répété. Le zeugme est particulièrement intéressant quand l'élément commun n'a pas la même valeur, syntaxique ou sémantique, pour les deux membres de phrase. Certains théoriciens appellent « attelage » le zeugme sémantique, comme dans le vers célèbre de V. Hugo (« Booz endormi ») :

*Vêtu de probité candide et de lin blanc*

• l'***asyndète*** est une forme d'ellipse, puisqu'elle omet les particules de coordination qui devraient unir les différentes parties d'une phrase de même fonction et de même niveau. L'asyndète a la réputation d'introduire du désordre, de rendre chaotiques les longues énumérations à la Whitman. Dans l'exemple suivant, emprunté à Aimé Césaire, l'asyndète contribue à produire un effet de tension, qui semble se résoudre avec l'apparition finale de la conjonction de coordination *« et » :*

*la pierre qui s'émiette en mottes*
*le désert qui se blute en blé*
*le jour qui s'épelle en oiseaux*
*le forçat l'esclave le paria*
*la stature épanouie harmonique*
*la nuit fécondée la fin de la faim*

*du crachat sur la face*
*et cette histoire parmi laquelle je marche mieux que durant le jour*

(*Ferrements,* 1960)

Figure de construction par permutation, l'***inversion*** renverse l'ordre des constituants de la phrase. On distingue différents types d'inversion. L'***anastrophe*** est l'inversion dans un groupe de mots en principe fortement soudés. Dans l'exemple suivant, l'anastrophe se conjugue avec un effet d'archaïsme :

*— Avec lui vous en découdrez*
*regret aurez de votre écuelle*

(Max Jacob)

• L'***hyperbate*** est une inversion qui a pour résultat de séparer deux mots étroitement unis et qui donne l'impression d'un ajout à un énoncé qui semblait clos :

*La nuit m'habitera et ses pièges tragiques*

(Alain Grandbois)

L'inversion est d'autant plus efficace en français qu'un ordre canonique de la phrase s'y est imposé (sujet + verbe + complément d'objet direct) et que, pour certains, cet ordre reflète la logique même de la pensée réflexive. Toucher à l'ordre des mots ne peut avoir que les plus graves conséquences. C'est pourquoi les théoriciens classiques considèrent que l'inversion appartient en propre à la poésie. Ils l'interprètent comme un procédé d'abord expressif : plier l'ordre des mots au but de celui qui parle ou écrit. En fait, l'inversion est surtout la réponse trouvée pour obéir à une double contrainte : celle de la syntaxe et celle de la métrique. Pour faire entrer une phrase dans le vers, pour lui faire respecter le jeu des rimes, il faut parfois l'obliger à rompre l'ordre naturel de la langue. Mais l'inversion se heurte à l'objection du naturel. Pierre Larousse, dans le *Grand Dictionnaire Universel du XIXe siècle*, censure les inversions choquantes : *« l'oreille et le goût indiquent celles qui sont possibles et celles qui donneraient à l'expression un tour forcé. Dans Ronsard, Corneille et Malherbe, on rencontre encore des inversions barbares.* L'inversion est sourdement refusée au nom de la logique de la langue. Pourtant, Lamartine sait en retrouver les harmonieux secrets et la souplesse insinuante, pour gagner le cœur de tant de lecteurs du XIXe siècle :

*Voici l'étroit sentier de l'obscure vallée :*
*Du flanc de ces coteaux pendent des bois épais*

(« Le Vallon »)

*Lorsque du Créateur la parole féconde,*
*Dans une heure fatale, eut enfanté le monde*
*Des germes du chaos,*
*De son œuvre imparfaite il détourna sa face,*
*Et d'un pied dédaigneux le lançant dans l'espace,*
*Rentra dans son repos.*

(« Le Désespoir »)

Et même quand la versification classique se défait, l'inversion peut rester comme une marque toujours visible de la langue poétique. Ainsi chez Supervielle ou chez Saint-John Perse :

*« Étroits sont les vaisseaux, étroite notre couche. »*

*« De nul office n'avons-nous charge n'étant de nul accrédités* (...). »

(Saint-John Perse)

Il reste pourtant qu'une affinité réelle associe figures et poésie. Les classifications et descriptions des figures rhétoriques peuvent fournir à l'amateur de poèmes de précieux instruments pour comprendre le fonctionnement du texte poétique. Les figures de construction interviennent dans la combinaison des mots, en jouant par addition, suppression ou permutation : telles sont les ellipses, zeugmes, asyndètes, inversions, etc. Ce sont des figures très répandues dans la poésie classique, mais elles ne disparaissent nullement chez les poètes modernes. Les figures d'expression ou de pensée s'articulent sur les modalités du discours : interrogation, exclamation, apostrophe, ordre, etc. Ce sont des figures par lesquelles passe la violence des passions, les émotions et les états d'âme d'un être en face du monde, donc des figures que la poésie lyrique affectionnera. Un simple regard sur le texte des poèmes ponctués montre qu'ils multiplient les signes de ponctuation « expressifs » : points d'interrogation, d'exclamation, de suspension... Tristan Corbière a tiré d'étonnants effets d'une ponctuation torturée et des figures d'expression :

(...)
*... Un chant ; comme un écho, tout vif*
*Enterré, là, sous le massif...*
*— Ça se tait : Viens, c'est là, dans l'ombre...*

*— Un crapaud ! — Pourquoi cette peur,*
*Près de moi, ton soldat fidèle !*
*Vois-le, poète tondu, sans aile,*
*Rossignol de la boue... — Horreur ! —*

*... Il chante. — Horreur ! — Horreur pourquoi ?*
*Vois-tu pas son œil de lumière...*
*Non : il s'en va, froid, sous la pierre.*

. . . . . . . . . . . . . . . . . . . . . . . . . . . . .
*Bonsoir — ce crapaud-là c'est moi.*

(*Les Amours jaunes,* 1873)

L'interrogation, sous forme de questions indéfinies, est devenue une marque de l'esthétique symboliste, désignant la déchirure et l'indécision d'êtres en proie à on ne sait quelle angoisse diffuse :

*Tu nous viens, ô matin, des murs clos de la nuit,*
*Et, comme un fruit tombé d'un bel arbre abattu,*
*Ta pulpe de lumière offerte à mon ennui*
*M'enivre d'un parfum de quel verger perdu !*

(Jean-Joseph Rabearivelo, *Sylves,* 1927)

Les figures d'expression ne sont pas réservées au lyrisme ni aux grands genres. On les rencontre aussi dans les genres mineurs ou du côté de la poésie d'humour. Ainsi ce bel usage de la figure d'interruption dans ce poème de Jacques Prévert :

*Les paris stupides*
*Un certain Blaise Pascal*
*etc... etc...*

C'est évidemment l'insistance sur l'interruption, par la répétition de *« etc »,* qui produit l'effet comique. Cette mise en évidence de la figure vise à solliciter la fonction poétique.

## LES TROPES : MÉTAPHORES, MÉTONYMIES, SYNECDOQUES

Disséqués depuis vingt-cinq siècles et fournissant toujours un matériau privilégié du langage poétique, les tropes sont les figures où les mots *« sont pris dans un sens détourné, autre qu'un sens propre, c'est-à-dire dans une signification qu'on leur prête pour le moment, et qui n'est que de pur emprunt* » (Fontanier). Les tropes rassemblent tous les procédés par lesquels on remplace le mot propre par un autre qui lui est associé : les rhétoriciens en ont recensé jusqu'à une trentaine, mais trois jouent un rôle essentiel en poésie : métaphores, métonymies et synecdoques (Roman Jakobson tendant à unifier métonymies et synecdoques sous une même catégorie).

• La ***métonymie*** est l'emploi d'un mot pour désigner quelque chose qui se trouve dans un rapport existentiel (certains préfèrent dire : dans un rapport de contiguïté) avec ce que désigne l'emploi habituel de ce mot. Fontainier présente la métonymie comme « *la désignation d'un objet par le nom d'un autre objet qui fait comme lui un tout absolument à part, mais qui lui doit ou à qui il doit lui-même plus ou moins, ou pour son existence, ou pour sa manière d'être.* » La métonymie opère un glissement de la référence habituelle à une référence nouvelle, associée à la première selon des relations énumérées par les traités de rhétorique : de la cause à l'effet (et réciproquement), de l'instrument pour celui qui l'emploie (« un trompette », pour « un joueur de trompette »), du contenant pour le contenu, du lieu pour la chose, du signe pour la chose signifiée, du physique pour le moral (« avoir peu de cervelle » pour « avoir peu d'intelligence »), du maître pour l'objet (« Notre Dame », pour désigner l'église placée sous son patronage), de l'objet propre pour la personne (par exemple quand on désigne quelqu'un par une pièce de son vêtement : on chantait au siècle passé : « *À genoux devant la casquette, / À genoux devant l'ouvrier* »). Dans le vers de Corneille :

*Rome n'est plus dans Rome, elle est toute où je suis*

le second « *Rome* » renvoie au référent habituel : une ville d'Italie, tandis que le premier désigne par métonymie (le nom de lieu pour la propriété qui lui est attachée) la vertu et l'amour de la liberté que la tradition attribue aux Romains.

• La ***synecdoque*** se caractérise par une relation d'inclusion liant le terme figuré au terme propre dont il est le substitut : la partie pour le tout et le tout pour la partie, la matière pour l'être ou l'objet, le singulier pour le pluriel et réciproquement, l'espèce pour le genre et le genre pour l'espèce, l'abstrait pour le concret. Les périphrases baroques des précieuses jouaient sur des accumulations de synecdoques. Ainsi cet exemple emprunté au *Grand Dictionnaire des Précieuses* de Somaize : pour « *Ma suivante, allez quérir mon éventail dans mon cabinet* », la précieuse disait : « *Ma commune, allez quérir mon zéphir dans mon précieux* » et produisait donc une triple synecdoque.

• La ***métaphore***, d'après la définition de Dumarsais (grammairien du

XVIIIe siècle), *« est une figure par laquelle on transporte, pour ainsi dire, la signification propre d'un mot à une autre signification qui ne lui convient qu'en vertu d'une comparaison qui est dans l'esprit »*. Cette définition montre bien où réside la difficulté de la métaphore : elle repose sur un acte de l'esprit (impression, interprétation) de celui qui la conçoit ; le lecteur est invité à en retrouver, voire à en revivre le dynamisme. Des métaphores comme *« les sagaies de Midi »* ou *« les tambours du néant »* (Saint-John Perse) gardent nécessairement une part d'indétermination : on devine que la lumière crue de midi transperce, que le néant est vide comme un tambour (ou, si l'on perçoit un effet de métonymie, que les roulements funèbres des tambours désignent le néant), mais ces métaphores ne s'épuisent pas dans ces tentatives de lecture.

On interprète la métaphore comme le résultat d'une intersection des valeurs sémantiques de deux mots. Si deux mots ont un élément sémantique commun, la métaphore s'appuie sur cette ressemblance. Dans le vers d'Apollinaire :

*O belle Loreley aux yeux pleins de pierreries*

le mot *« pierreries »* désigne métaphoriquement l'éclat scintillant des yeux de la *« sorcière blonde »*. C'est l'élément sémantique « éclat », « brillant », commun aux deux mots « yeux » et « pierreries » qui permet d'assimiler le second au premier. La métaphore réorganise le sens d'un mot et procède par rapprochements fondés sur des similitudes.

Roman Jakobson attribue à chacun des deux grands mécanismes figuratifs qu'il distingue, métaphores et métonymies, un domaine d'application préférentiel. La métonymie et la prose privilégient les rapports de contiguïté : elles sont la marque de la littérature réaliste. La métaphore et la poésie reposent sur le principe de similarité : elles caractérisent la littérature romantique et symboliste. L'opposition est séduisante : la linéarité de la prose favorise la combinaison par contiguïté ; elle s'oppose aux systèmes d'équivalence de la poésie, traduits matériellement par la disposition graphique (parallélisme des vers, des strophes, des rimes, etc.). Mais la métaphore se rencontre très fréquemment en prose et la poésie n'ignore pas les ressources de la métonymie. On ne saurait donc faire de la présence de ces figures dans un texte un critère d'appartenance à l'un ou l'autre domaine. Il reste qu'elles connaissent des développements sensiblement différents dans chacun d'eux. La poésie moderne semble se détourner de la métonymie si elle n'introduit pas un effet saisissant, alors que la poésie classique affectionnait les glissements métonymiques par lesquels on fait l'économie de termes trop concrets. Le lexique noble de la poésie classique, auquel on prêtait une particulière efficacité poétique, comprenait un grand nombre de métonymies, souvent d'ailleurs des euphémismes pour atténuer (poétiser ?) la réalité. Dans l'exemple suivant :

*Le fer mieux employé cultivera la terre*

(Malherbe)

## FORMES DE LA MÉTAPHORE

La définition traditionnelle de la métaphore la présente comme une comparaison abrégée. En supprimant l'explicitation de la ressemblance qui la fonde et le mot de comparaison, on obtient la métaphore :

*Sa lèvre est rouge comme le corail* (comparaison développée)
*Sa lèvre est comme le corail* (comparaison)
*Sa lèvre de corail* (métaphore)

Quand la métaphore se contente d'effacer les termes de comparaison, mais qu'elle maintient la co-présence du terme propre et du terme figuré, on a la métaphore *in praesentia :*

*Sa lèvre est un corail*
*Sa lèvre, ce corail*
*Le corail de sa lèvre*

Quand le terme propre disparaît pour ne plus laisser la place qu'au terme figuré, c'est la métaphore *in absentia :*

*Ce corail*

On peut classer les métaphores selon leur organisation syntaxique, suivant que le terme propre et le terme figuré appartiennent ou non aux mêmes parties du discours.
Si les deux termes ne sont pas de même nature, on peut rencontrer l'association *Nom + Adjectif :*

*Le ciel est triste et beau* (...)
(Baudelaire)

ou bien, beaucoup plus fréquemment, *Nom + Verbe :*

*Le soleil s'est noyé dans son sang qui se fige*
(Baudelaire)

*On a loti le rêve et loti le jardin*
(Aragon)

Dans ces trois exemples, la métaphore est produite par une anomalie dans la combinaison : les contraintes de sélection ne sont pas respectées. « *Triste* » demanderait à se rapporter à un nom désignant un être humain, « *noyer* » supposerait comme sujet un être animé, « *lotir* » ne peut s'appliquer qu'à une réalité matérielle.
Si le terme propre et le terme figuré sont de même nature grammaticale, ce sont en général deux noms qui sont reliés par le verbe être ou un équivalent :

*Mon âme est une infante en robe de parade*
(Albert Samain)

ou qui sont en apposition :

*Alors, l'hyène Atrée et le chacal Timour,*
*Et l'épine Caïphe et le roseau Pilate,*
*Le volcan Alaric à la gueule écarlate*

(Victor Hugo)

ou qui sont associés par une préposition (« de », « à », etc.) :

*Vers les patroullles des nuées en déroute*

(Jules Laforgue)

*Plutôt la vie avec ses salons d'attente*

(André Breton)

le poète double la métonymie par un jeu de mots, puisque « *fer* » renvoie à la fois à l'idée d'arme blanche et à celle de charrue.

Lorsqu'elle apparaît en prose, la métaphore est le plus souvent introduite progressivement, par une série de relais et de transitions (que l'on songe à la préparation des métaphores par la phrase de Proust). L'espace du poème, condensé et clos, impose la disparition des échafaudages qui soutiennent en prose la métaphore ; celle-ci reçoit de sa brusquerie d'apparition une vigueur poétique que renforcent ses modalités propres de fonctionnement. En effet, l'analogie qui fonde la métaphore est présentée directement à l'intuition, en dehors de tout raisonnement logique (alors que dans la comparaison au sens strict, la présence du mot de comparaison *comme* justifie pour l'intellect la mise en parallèle du comparant et du comparé) ; la métaphore transforme la similitude en identification, au risque de heurter la pensée logique :

*Ma femme aux yeux de bois toujours sous la hache*

(André Breton)

En s'adressant à la sensibilité, la métaphore opère un coup de force qui fait craquer les limites du langage. C'est pourquoi la poésie l'accueille avec prédilection : elle est ce lieu où se montre et se dépasse l'échec du langage, car elle dit ce qui ordinairement ne peut se dire. La métaphore est devenue la figure reine dans la poésie moderne. C'est à elle que recourent tous les poètes en quête de révélations inouïes : les romantiques et les symbolistes dans leur désir de déchiffrer l' *« universelle analogie »* ; les surréalistes dans leur recherche du surréel (l'image surréaliste trouve sa réalisation la plus fréquente et la plus efficace dans la métaphore).

## MÉTAPHORES, IMAGES, COMPARAISONS

La distinction entre métaphore et comparaison s'opère clairement. La comparaison est le rapprochement de deux entités, mises en parallèle par l'intermédiaire de « comme » ou d'un équivalent. Elle ne procède à aucun transfert ou réorganisation du sens de chacun des éléments comparés. Ils sont présents l'un et l'autre avec leur plénitude de sens dans l'énoncé :

*La Loreley les implorait et ses yeux brillaient comme des astres*

(G. Apollinaire)

Ici, les yeux sont des yeux et les astres des astres. Dans la métaphore *(« aux yeux pleins de pierreries »)*, le mot *« pierreries »* se charge de valeurs figurées, différentes de son sens habituel.

La comparaison est réputée de moins d'efficacité poétique que la métaphore. Elle explicite et présente un raisonnement articulé sur les particules de comparaison. La métaphore impose la fulguration d'une évidence intuitive. C'est pourquoi Mallarmé affirmait vouloir rayer le mot « comme » du dictionnaire. En fait, la poésie moderne a souvent su tirer parti de la comparaison en lui faisant produire des rapprochements énigmatiques. Le mot « comme », au lieu de justifier un parallèle, ménage de troublantes rencontres de termes :

*« Comme, je dis comme et tout se métamorphose, le marbre en eau, le ciel en orange, le vin en plaine, le fil en six, le cœur en peine, la peur en seine. »*

(Robert Desnos)

Métaphores et comparaisons entrent dans la catégorie générale des images. Mais ce dernier terme, d'un emploi très répandu, peut introduire quelque confusion par son imprécision. Au sens le plus général, une image est une représentation mentale : donc, tout énoncé linguistique où prédomine la fonction référentielle procède par images, puisqu'il donne une représentation (acoustique et/ou visuelle) du référent. Mais on a pris l'habitude de réserver le mot « image » aux images visuelles, aux représentations qui donnent l'impression de la présence sensible de la réalité évoquée (ce que les rhétoriciens appelaient l'hypotypose). L'image visuelle, c'est aussi celle que procure l'hallucination :

*Assez !...* « Ne plus écrire !... » *Et voilà que dans l'obscurité de derrière ses paupières closes, il voit surgir, soudain, des hommes violents, faisant de grands gestes de dénégation, puis une troupe, puis un défilé de gens mécontents, avec pancartes, cortège protestataire et menaçant.* « Ne plus » *s'est changé en grévistes !*

(Henri Michaux, *Les Grandes Épreuves de l'esprit,* 1966)

L'image littéraire (dont comparaisons et métaphores fournissent de superbes réalisations) ajoute à la simple image visuelle un deuxième sens, analogique ou symbolique. Dans la métaphore de G. Apollinaire *(O belle Loreley aux yeux pleins de pierreries),* l'hésitation entre le propre et le figuré suscite l'apparition d'une « image associée » : les yeux de la Loreley brillent d'un éclat scintillant ; ils sont aussi (c'est l'image associée) des pierreries.

Si le mot « image » prête à confusion, c'est aussi parce que le surréalisme a imposé sa propre conception de l'image. Et l'image surréaliste est moins un procédé de langage qu'une attitude morale, « un vice nouveau » (A. Breton). Est image tout ce qui introduit au surréel.

## RÉPÉTITIONS

À l'opposé de l'image surréaliste, qui naît de la surprise et de la nouveauté radicale, la répétition prolifère dans le ressassement du même. Et pourtant, puisqu'elle est marque d'insistance, la répétition attire l'attention sur le texte même et donc elle est propre à manifester la fonction poétique. De fait, les répétitions de sons (allitérations, assonances, rimes) peuvent suffire à désigner le caractère poétique d'un texte. Dans l'œuvre de Charles Péguy, la répétition sous toutes ses formes est devenue le principe esthétique fondamental. Se développant sur de vastes ensembles, qui donnent l'impression de se continuer à l'infini (les *Tapisseries* se déploient sur plusieurs centaines de quatrains !), les répétitions, comme poussées par la puissance d'un rythme sous-jacent, procurent d'étranges effets de transe poétique :

*Nous n'avons plus de goût pour le métier des armes,*
*Reine des grandes paix et des désarmements,*
*Nous n'avons plus de goût pour le métier des larmes,*
*Reine des sept douleurs et des sept sacrements.*

*Nous avons gouverné de si vastes provinces,*
*Régente des préfets et des procurateurs,*
*Nous avons lanterné sous tant d'augustes princes,*
*Reine des tableaux peints et des deux donateurs.*

*Nous n'avons plus de goût pour les départements,*
*Ni pour la préfecture et pour la capitale,*
*Nous n'avons plus de goût pour les embarquements,*
*Nous ne respirons plus vers la terre natale (...)*

(*La Tapisserie de Notre Dame,* 1913)

La répétition peut être un simple procédé d'enchaînement (éventuellement emphatique). Ainsi l'***anadiplose*** des rhétoriciens, qui reprend en début de phrase (ou de vers) un mot de la fin de la phrase (ou du vers) qui précède :

*poissons morts protégés par les boîtes*
*boîtes protégées par les vitres*
*vitres protégées par les flics*
*flics protégés par la crainte*
*que de barricades pour six malheureuses sardines...*

(Jacques Prévert, *Paroles,* 1949)

Dans cet exemple, l'anadiplose se conjugue avec la répétition du même mot au cœur de quatre vers pour faire éclater l'indignation.

Quand le même mot ou la même formule sont répétés en tête de phrase ou de vers, on a l'**anaphore :** bien connue des orateurs à qui elle procure de sûrs effets de martèlement, cette figure convient parfaitement au registre de l'incantation. Elle apparaît souvent comme matrice des poèmes d'Henri Michaux :

*Un jour*
*Un jour, bientôt peut-être.*
*Un jour j'arracherai l'ancre qui tient mon navire loin des mers.*

(*Peintures,* 1939)

En juxtaposant des éléments disparates, l'anaphore ménage des rencontres surprenantes ou cocasses :

*Ceux qui pieusement...*
*Ceux qui copieusement...*
*Ceux qui tricolorent*

(Jacques Prévert, *Paroles*)

L'anaphore est ainsi un moyen de produire des accumulations, figures souvent sollicitées par la poésie moderne. L'accumulation est volontiers encyclopédique. Ce sont les longues séries homologiques où Saint-John Perse rassemble le répertoire des activités humaines ou des objets épars dans un univers inépuisable :

*ha! toutes sortes d'hommes dans leurs voies et façons : mangeurs d'insectes, de fruits d'eau ; porteurs d'emplâtres, de richesses ! l'agriculteur et l'adalingue, l'acuponcteur et le saunier ; le péager, le forgeron ; marchands de sucre, de cannelle, de coupes à boire en métal blanc et de lampes de corne (...)*

(*Anabase,* 1924)

Jacques Prévert, avec son *raton laveur* devenu proverbial, a donné l'archétype de la poésie d'inventaire, tantôt adhésion émerveillée à la splendeur multiple de la réalité, tantôt errance dans le désordre chaotique du monde :

*une douzaine d'huîtres un citron un pain*
*un rayon de soleil*
*une lame de fond*
*six musiciens*
*une porte avec son paillasson*
*un monsieur décoré de la légion d'honneur*

*un autre raton laveur*

(« Inventaire », dans *Paroles*)

Paul Éluard montre bien, dans *Donner à voir* (1939), comment l'accumulation peut devenir le ressort essentiel d'une poétique moderne :

*« L'hallucination, la candeur, la fureur, la mémoire, ce Protée lunatique, les vieilles histoires, la table et l'encrier, les paysages inconnus, la nuit tournée, les souvenirs inopinés, les prophéties de la passion, les conflagrations d'idées, de sentiments, d'objets, la nudité aveugle, les entreprises systématiques à des fins inutiles et les fins inutiles devenant la première utilité, le dérèglement de la logique jusqu'à l'absurde, l'usage de l'absurde jusqu'à l'indomptable raison, c'est cela — et non l'assemblage plus ou moins savant, plus ou moins heureux des voyelles, des consonnes, des syllabes, des mots — qui contribue à l'harmonie d'un poème. »*

La répétition peut porter sur les différents niveaux du texte : reprise des mêmes structures, des mêmes éléments, des mêmes sons. Beaucoup de poètes ont su capter la jubilation de ces jeux de mots et jeux de sons, quand la prolifération sonore gouverne l'organisation du poème ou quand elle impose l'évidence indiscutable des paronomases (rapprochements de mots de sons presque semblables et de sens différents). Robert Desnos s'est souvent laissé porter par les rebondissements des mots et des sons les uns sur les autres, en particulier dans les minutieuses constructions sonores de *Rrose Sélavy* (1922-1923) :

*Passez-moi mon arc berbère, dit le monarque barbare.*

*Aragon recueille* in extremis *l'âme d'Aramis sur un lit d'estragon.*

*Femmes ! faux chevaux sous vos cheveux de feu.*

## POÉSIE DES ÉPITHÈTES

L'épithète s'ajoute à un nom pour le qualifier. Par sa nature, elle semble donc comme happée par les figures de répétition et d'accumulation. Dès le début de son article « épithète », Littré cite Condillac pour rappeler qu' *« il ne faut pas multiplier les épithètes sans nécessité »*. Ce qui laisse supposer que les épithètes ont vocation à pulluler autour des noms qu'elles qualifient. Mais l'épithète semble aussi condamnée à la redondance. À la fin du même article, Littré en appelle à Marmontel : *« En éloquence et en poésie, on appelle épithète un adjectif sans lequel l'idée principale serait suffisamment exprimée, mais qui lui donne ou plus de force, ou plus de noblesse, ou plus d'élévation (...). »* Ce type d'épithète n'ajoute donc rien au sens, sa fonction est seulement expressive. Telles sont les épithètes de nature qui explicitent une des qualités du nom (ainsi chez Baudelaire : *La mer, la vaste mer*). L'emploi abondant de ces épithètes convient à la recherche du sublime, donc à la poésie épique ou aux discours devant les monuments aux morts.

Lautréamont, dans son entreprise de dérèglement de la machine littéraire, s'est emparé des épithètes de nature, clichés et autres automatismes de langage, pour les faire fonctionner à vide ou pour les insérer dans des contextes ironiques :

*O pou vénérable, (...) un jour, tu me reprocheras avec aigreur de ne pas aimer suffisamment ta sublime intelligence.*

Il est possible de réanimer les épithètes conventionnelles, soit en poussant au maximum l'effet de redondance, comme Mallarmé :

*Et la bouche, fiévreuse et d'azur bleu vorace*

soit en proposant des impertinences sémantiques qui dissocient le nom et l'épithète. La rhétorique désigne sous le nom d'**hypallage** l'une des plus intéressantes de ces figures de dissociation : dans une phrase, on rapporte à un substantif ce qui normalement est associé à un autre. Ainsi chez Saint-John Perse, les *« solitudes vertes du matin »* (dans *Éloges* et *Amers,* c'est l'aube qui est régulièrement associée aux palmes et à la couleur verte). Jacques Prévert construit tout un poème (« Cortège ») sur le principe de l'hypallage redoublée :

*Un vieillard en or avec une montre en deuil*
*Une reine de peine avec un homme d'Angleterre*
*Et des travailleurs de la paix avec des gardiens de la mer*

En croisant leurs compléments, des locutions banales retrouvent la vigueur des images neuves.

## PARALLÉLISMES

Avec Jakobson et quelques autres, la notion de parallélisme est devenue centrale dans l'analyse du langage poétique : le parallélisme constitue une manifestation privilégiée de la « fonction poétique ». Pourtant, comme le remarquent J. Molino et J. Tamine *(Introduction à l'analyse linguistique de la poésie),* le parallélisme est une notion récente qui n'intéresse guère la rhétorique classique. Quand Malherbe traduit les *Psaumes,* il semble ne pas voir que la poésie biblique se fonde sur les parallélismes et il ne cherche guère à les restituer en français.

Le parallélisme (comme toutes les figures de répétition) s'articule sur une constante anthropologique : compulsion de répétition inscrite au cœur de l'homme, habitude du retour des grands rythmes cosmiques. Le parallélisme commande une des formes sans doute les plus anciennes de poésie : la poésie de dialogue ou de querelle, où deux poètes-récitants alternent en se lançant des couplets qui se répondent : *chants amébées* des bergers virgiliens, *hain teny* des Malgaches. Cette forme d'organisation poétique se retrouve dans les civilisations les plus diverses, indice peut-être de son universalité.

Le parallélisme local, par exemple entre les deux moitiés d'un vers, offre de nombreuses ressources aux poètes éloquents. Victor Hugo le fait s'épanouir en antithèse :

*Le monstre se connaît lorsque l'homme s'ignore.*
*Le monstre est la souffrance, et l'homme est l'action.*

(« Ce que dit la bouche d'ombre », *Les Contemplations*)

Prolongé sur la longue durée d'un poème (comme dans la litanie ou dans les suites de quatrains de Charles Péguy), le parallélisme, assurant le retour régulier d'une forme, peut fonctionner comme un principe d'organisation (il peut remplacer la versification, quand celle-ci se désagrège).

Variété particulière de parallélisme, le chiasme inverse en les répétant les éléments d'une séquence. La suite *a, b, c...* devient *c, b, a.* C'est, si l'on veut, une symétrie par rapport à un point central. Figure mal aimée de la rhétorique (au point que Littré ne la cite même pas), le **chiasme** est largement pratiqué par les poètes, sans doute pour les effets de subtile symétrie et d'antithèse qu'il permet localement et pour ses vertus architecturales. Un poème comme « La jeune Tarentine » d'André Chénier tire son efficacité poétique de sa construction en chiasmes multiples :

*Pleurez, doux alcyons, ô vous, oiseaux sacrés,*
*Oiseaux chers à Thétis, doux alcyons, pleurez.*
*Elle a vécu, Myrto, la jeune Tarentine.*
*Un vaisseau la portait aux bords de Camarine.*
*Là l'hymen, les chansons, les flûtes, lentement*
*Devaient la reconduire au seuil de son amant.*
*Une clef vigilante a pour cette journée*
*Dans le cèdre enfermé sa robe d'hyménée*
*Et l'or dont au festin ses bras seraient parés*
*Et pour ses blonds cheveux les parfums préparés.*
*Mais, seule sur la proue, invoquant les étoiles,*
*Le vent impétueux qui soufflait dans les voiles*
*L'enveloppe. Étonnée, et loin des matelots,*
*Elle crie, elle tombe, elle est au sein des flots.*
*Elle est au sein des flots, la jeune Tarentine.*
*Son beau corps a roulé sous la vague marine.*
*Thétis, les yeux en pleurs, dans le creux d'un rocher*
*Aux monstres dévorants eut soin de le cacher.*
*Par ses ordres bientôt les belles Néréides*
*L'élèvent au-dessus des demeures humides,*
*Le portent au rivage, et dans ce monument*
*L'ont, au cap du Zéphyr, déposé mollement.*
*Puis de loin à grands cris appelant leurs compagnes,*
*Et les Nymphes des bois, des sources, des montagnes,*

*Toutes, frappant leur sein, et traînant un long deuil,*
*Répétèrent : « Hélas ! » autour de son cercueil.*
*Hélas ! chez ton amant tu n'es point ramenée.*
*Tu n'as point revêtu ta robe d'hyménée.*
*L'or autour de tes bras n'a point serré de nœuds.*
*Les doux parfums n'ont point coulé sur tes cheveux.*

(*Les Bucoliques*)

Le poème est encadré par deux chants funèbres (v. 1-2 et v. 27-30). Du vers 3 au vers 26 se développe un récit de la mort de la jeune fille. Un chiasme apparaît dans chacun des deux thrènes. Le premier est d'ailleurs entièrement gouverné par cette figure, puisque le vers 2 inverse exactement le vers 1. Le chiasme final est plus discret : il résulte de la mise en relation du vers 30 avec le vers 10 et là encore l'ordre des termes est inversé.

Le grand récit central est coupé en deux moitiés égales par une figure très visible : l'anadiplose qui fait passer du vers 14 au vers 15, et qui, curieusement, semble moins enchaîner qu'opposer les deux parties du récit. En effet, par sa situation médiane, la figure souligne le contraste entre un premier récit (v. 3-14), dérapant vers l'irréel en évoquant le cortège de noces qui n'a pas eu lieu, et un second récit (v. 15-26), consacré à la réalité du cortège de deuil. L'anadiplose suggère la présence d'un chiasme massif articulant tout le récit central :

Récit 1 + *« elle est au sein des flots » / « Elle est au sein des flots »* + Récit 2

S'il y a inversion de l'ordre des termes, il y a aussi inversion des valeurs : cortège de noces/cortège de deuil. Comme il y a renversement du sens de la phrase pourtant répétée à l'identique. Au vers 14, *« elle est au sein des flots »* a une valeur d'action et désigne le point d'arrivée d'une trajectoire, la chute de la jeune fille dans la mer. Au vers 15, c'est une valeur d'état : la jeune fille est déjà noyée.

L'insistance dans ce poème sur la figure du chiasme invite à regarder vers le point où la figure se retourne, où l'ordre s'inverse, c'est-à-dire sur ce passage du vers 14 au vers 15. C'est à cette frontière de vers, dans ce blanc typographique qu'a lieu ce que le poème refuse de dire : la mort, l'instant de la mort, l'indicible et impensable moment du temps où le vivant s'inverse en cadavre... Le poème ruse avec la réalité de la mort (par les euphémismes : *« elle a vécu »* pour « elle est morte » ; par l'évocation étonnante du *« beau corps »* — et non d'un cadavre boursouflé de noyée ; un mot pourtant introduit l'horreur de la mort : *« cercueil »* au dernier vers du récit ; mais il s'agit d'un anachronisme — les anciens Grecs n'enterraient pas les morts dans des cercueils — et d'un « lapsus » de l' « archéologue » Chénier, qui, littéralement, ne peut pas dire la mort avec des mots « grecs »). Le poème s'emploie à adoucir la mort, et, en même temps, il en souligne l'horreur, en centrant tout sur ce point vide de symétrie, où tout s'inverse.

Le chiasme attire aussi l'attention sur le retour inversé des cortèges symétriques, noces et funérailles. La figure de la mariée se fond dans celle de la morte, pour aboutir à la pure négativité du quatrain final : le non-cortège de noces que chante le cortège funèbre.

## RÉFÉRENCES ET LECTURES COMPLÉMENTAIRES

R. JAKOBSON, *Essais de linguistique générale,* Paris, Éd. de Minuit, 1963 (à lire spécialement, le chapitre XI : « Linguistique et poétique »).
R. JAKOBSON, *Questions de poétique,* Paris, Seuil, 1973.
L'ouvrage de Jean Molino et Joëlle Tamine, *Introduction à l'analyse linguistique de la poésie* (Paris, P.U.F., 1982), offre un panorama très complet des formes du langage poétique.

• *Sur les figures :*
B. DUPRIEZ, *Gradus. Les procédés littéraires*, Paris, 10/18, 1980. (Il s'agit d'un dictionnaire recensant toutes les figures, on lui a emprunté quelques heureux exemples.)
P. FONTANIER, *Les Figures du discours*, Paris, Flammarion, 1968.
G. GENETTE, *Figures I, II, III*, Paris, Seuil, 1966-1972.
Groupe μ, *Rhétorique générale*, Paris, Larousse, 1970, rééd. coll. « Points ».
M. LE GUERN, *Sémantique de la métaphore, sémantique de la métonymie*, Paris, Larousse, 1973.
P. RICŒUR, *La Métaphore vive*, Paris, Seuil, 1975.
M. RIFFATERRE, « La métaphore filée dans la poésie surréaliste », *Langue française*, n° 3, 1969.
Un numéro de la revue *Langages* (n° 54, 1979) est consacré à *La Métaphore.*

# 5 *La versification*

Ni l'emploi systématique des figures, ni les débauches d'images ne sauraient servir de critère pour caractériser le langage poétique. En revanche, il suffit de se livrer autour de soi à une enquête, même des plus sommaires, pour déjà le vérifier, la poésie semble nécessairement liée à la versification : est poésie ce qui rime, dira-t-on naïvement. De fait, la versification est un mode d'organisation du langage qui appartient spécifiquement à la poésie (il peut y avoir de la poésie non versifiée, mais tout texte versifié entre dans le domaine de la poésie, fût-ce de la mauvaise poésie). Les règles de la versification sont étudiées par la métrique (qui s'intéresse à la mesure des vers, c'est-à-dire au mode de calcul qui permet de les comparer entre eux et donc de les sentir comme vers) et la prosodie (qui, pour H. Meschonnic, concerne *« l'organisation vocalique et consonantique d'un texte »* et donc plutôt les problèmes de rythme).

## LE VERS

Le vers se caractérise par le retour d'éléments identiques. L'étymologie le souligne. En latin, le mot *versus* a d'abord désigné le fait de tourner la charrue au bout du sillon, puis, par métonymie, le sillon, et, par métaphore, la ligne d'écriture, et spécialement ce que nous appelons le vers (d'après le *Dictionnaire étymologique de la langue latine* d'Ernout-Meillet). La prose (*oratio prosa* dérivant de *oratio proversa*) définit un discours qui va de l'avant, droit devant lui. C'est à partir de cette opposition que Roman Jakobson détermine la spécificité du langage poétique : *« à tous les niveaux de la langue, l'essence, en poésie, de la technique artistique réside en des retours réitérés »*. À la fin du XIX^e siècle, le poète anglais Gerard Manley Hopkins avait déjà défini la structure de la poésie comme *« un parallélisme continu »*, et le vers comme *« un discours répétant totalement ou partiellement la même figure phonique »*.

Le décompte des syllabes et la rime, que le lecteur français, habitué à la tradition classique, associe comme naturellement à l'idée de vers, ne constituent qu'un cas particulier de la *« réitération régulière d'unités équivalentes »* (R. Jakobson), critère de l'organisation poétique du langage. Bien d'autres phénomènes linguistiques, en revenant de façon constante, peuvent servir de base à la versification : longueur des syllabes, accents, tons, allitérations, césures, etc. Aucune civilisation (contrairement à un préjugé longtemps admis) n'ignore la versification. Simplement, les modèles propres aux poésies de langues européennes ne constituent pas des normes universelles. Le vers hébraïque ancien était fondé sur un parallélisme de la syntaxe et du sens dans les vers successifs. Le vers chinois traditionnel cumule plusieurs exigences : compte des syllabes et rimes, correspondances de tons (les syllabes paires ne peuvent recevoir que des tons déterminés), parallélisme strict des niveaux grammatical et lexical (c'est la règle essentielle : constructions, mots et idées se correspondent étroitement d'un vers et d'une strophe à l'autre).

Les mises en parallèle tendent à instituer une norme : le lecteur ou l'auditeur de poèmes attend le retour régulier des mêmes structures. Mais réitération ne signifie pas répétition tautologique. Les parallélismes mettent en évidence à la fois des ressemblances et des oppositions. Ainsi, la rime, en soulignant la parenté phonétique de deux mots, invite à découvrir les correspondances qui les unissent à d'autres niveaux (et surtout au niveau sémantique) ; ces correspondances seront d'autant plus riches que les mots rapprochés seront éloignés et de nature différente : en proscrivant les rimes faciles, Malherbe refusait les rimes unissant des mots proches ou de même famille, qui abandonnent ainsi toute charge poétique. L'enjambement joue, de façon inverse, sur la rupture du parallélisme : en débordant sur le vers suivant, l'ordre syntaxique vient contredire la structure métrique, et ce décalage contribue à produire l'effet poétique. En exigeant une rigoureuse adéquation de la syntaxe au vers, Malherbe se privait d'une ressource poétique efficace.

Analyser la versification dans une langue ou une tradition poétique donnée revient à dégager les figures de parallélisme utilisées et les jeux de variation permis. La poésie de chaque langue sera donc conditionnée par les possibilités et les contraintes de la grammaire. Ce que souligne le titre d'un article célèbre de Roman Jakobson : *Poésie de la grammaire et grammaire de la poésie* (1960). Mais il faut se garder des simplifications abusives : la grammaire d'une langue étant connue, on ne saurait en déduire le système de versification qui y a été établi. La forme poétique choisit parmi les facilités offertes par la grammaire. De plus, imposant le retour des mêmes figures, elle fait violence au matériau qu'est pour elle le langage. La poésie naît de cette violence exercée sur la langue : la versification.

## L'ORIGINE DU VERS FRANÇAIS

Le vers français procède du vers latin. Pourtant, il n'y a apparemment rien de commun entre ces deux systèmes de versification. Le vers latin ignore les principes constituants du vers français : le compte des syllabes, le retour régulier des accents d'intensité et la rime ; il se fonde sur l'alternance réglée des syllabes longues et brèves, groupées dans une unité métrique, le pied, qui comporte un temps fort et un temps faible. Chaque pied comprend donc plusieurs syllabes. C'est pourquoi il est déconseillé d'utiliser le mot « pied » pour désigner l'élément métrique de base du vers français, qui ne comporte toujours qu'une seule syllabe. D'autre part, un principe de substitution permet, dans certains cas, de remplacer une syllabe longue par deux brèves et réciproquement. Ce qui est fixe dans le vers latin, c'est le nombre de pieds, et non le nombre de syllabes.

Le système du vers latin classique s'est effondré par suite de l'évolution phonétique du latin (c'est ici la langue qui exerce sa contrainte sur la versification). L'opposition entre voyelles brèves et longues s'est perdue et, dès le IVe siècle après J.-C., elle n'était plus perçue dans la majeure partie de l'Empire romain, principalement là où, comme en Gaule, le latin avait été imposé comme langue de colonisation et de culture et avait supplanté les langues vernaculaires. Le latin était devenu la langue véhiculaire du christianisme qui, dès l'origine, associait étroitement le peuple des fidèles au culte et à la liturgie. Les chants et la musique agrémentant les offices devaient éloigner les croyants de toute nostalgie des chants et danses du paganisme, et, en même temps, leur apporter une instruction morale et religieuse. Encore fallait-il que les chants liturgiques fussent faciles à exécuter et à retenir. *« Là où les fidèles devaient intervenir, les mélodies liturgiques étaient conçues dans une forme très simple, entièrement syllabique, c'est-à-dire que chaque syllabe ne supportait qu'une note, quelquefois deux, afin que la modulation n'offrît pas de difficulté pour des gens qui ne recevaient aucune éducation spéciale »* (G. Lote, *Histoire du vers français,* 1949). Le vers syllabique est donc né de la nécessité de faire chanter des hymnes et des psaumes à de grandes assemblées de fidèles sans éducation musicale.

La césure et la rime sont apparues en même temps, et comme une conséquence de la métrique syllabique. La césure est constituée par la présence, à une place fixe, d'une syllabe accentuée, sur laquelle la voix peut appuyer. Elle est rendue nécessaire par la longueur de certains vers, pour faciliter le compte des syllabes, en marquant la frontière entre groupes syllabiques. La rime (à peu près inconnue du vers latin classique) joue un rôle analogue quand elle apparaît dans la versification du latin liturgique : le retour de sonorités identiques signale la fin du vers et souligne l'isosyllabisme (retour d'un nombre égal de syllabes).

Le vers syllabique, rimé, césuré, inventé pour les besoins du culte, s'est imposé pour des usages moins strictement liturgiques, voire laïques. Puis il a glissé, sans modification profonde, du latin médiéval à l'ancien français, et enfin au français moderne.

## LES PRINCIPES DE LA VERSIFICATION FRANÇAISE CLASSIQUE

Les règles de la versification française ont été codifiées à l'époque classique (Malherbe, Boileau), mais elles se sont formées avec la naissance d'une poésie en langue française *(La Chanson de Roland)* et elles restent respectées par certains poètes contemporains (Valéry, Queneau), quand elles ne sont pas retrouvées par des transfuges du vers libre (Éluard, Desnos). Rien ne montre mieux la permanence de ces règles que les échecs des tentatives pour instaurer, en face du vers syllabique, un vers français quantitatif ou accentuel.

Le XVIe siècle, dans son désir de s'identifier aux Anciens, a voulu transposer à la langue française la métrique des Grecs et des Latins. D'où les essais de « *vers mesurés* » (c'est-à-dire fondés sur l'opposition des quantités des syllabes) de Jean-Antoine de Baïf ou Agrippa d'Aubigné. Dans sa traduction du *Psaume 88,* ce dernier utilise le patron métrique de la strophe saphique :

*Sauveur Éternel, nuit et jour devant toi*
*Mes soupirs s'en vont relevés de leur foi.*
*Sus, soupirs, montez de ce creux et bas lieu*
*Jusques à mon Dieu !*

Le résultat n'est guère concluant, car notre oreille ne perçoit pas une alternance de syllabes brèves et longues, mais une suite de trois vers de onze syllabes, césurés 5/6, suivie d'un vers de cinq syllabes. Le rythme syllabique l'emporte sur la mesure quantitative.

Autre expérience : les symbolistes, à l'écoute des poésies germaniques, veulent assujettir le français à une prosodie accentuelle. Le poète belge d'expression française Van Hasselt (Verlaine avait été attentif à ses expérimentations) impose un rythme anapestique (deux syllabes atones précèdent une syllabe accentuée : ⏑⏑–́) à cette strophe des *Études rythmiques* (1827) :

*Éloignéz mes amís. éloignéz de mes yeúx*
*Cette cóupe de vín qui pétílle.*
*Si charmánt que paráisse l'éclát radieúx*
*De cette ómbre liquíde qui brílle.*

En scandant ces vers, on s'aperçoit que le système accentuel se superpose, sans le nier, au décompte syllabique ; le vers est ainsi enfermé dans un corset métrique rigoureux et monotone, qui interdit tout effet poétique procédant des décalages et décentrements des différents niveaux prosodiques.

Preuve *a contrario* de la difficulté de rompre avec les règles traditionnelles et fondamentales du vers français : la « révolution » du vers libre, que l'on présente souvent comme un abandon de ces règles, supprime en effet la contrainte de la rime et de l'isosyllabisme, se conforme à la prononciation moderne du *e muet,* refuse de proscrire certains hiatus, etc. mais, le plus souvent, elle réintroduit un parallélisme isosyllabique atténué et/ou des formes subreptices de rimes. C'est ainsi que le rythme qui organise les grandes nappes poétiques de Saint-John Perse peut s'analyser comme fondé sur la récurrence d'éléments métriques parallèles ou proportionnels, avec une prépondérance des groupements octosyllabiques, souvent unis en longs versets de seize syllabes :

*« … Toujours il y eut cette clameur, toujours il y eut cette grandeur,*
*« Cette chose errante par le monde, cette haute transe par le monde, et sur toutes grèves de ce monde, du même souffle proférée, la même vague proférant*
*« Une seule et longue phrase sans césure à jamais inintelligible… »*

Cet extrait d'*Exil* montre comment le vers libre utilise la rime *(clameur/grandeur),* les répétitions de mots, les symétries de construction syntaxique pour marquer les frontières de groupements métriques.

## LE COMPTE DES SYLLABES

La règle essentielle de la métrique française est que les vers sont constitués par le retour d'un nombre identique de syllabes. Pour scander un vers français, il faut donc en distinguer rigoureusement les syllabes.

Le syllabisme du vers français classique fait problème dans la mesure où les règles métriques ont été élaborées sur un état ancien de la langue et ont été conservées alors que l'évolution phonétique les mettait en désaccord avec la diction courante. La principale difficulté tient au statut du *e* dit *muet,* qui n'est plus prononcé dans le français actuel, mais qui doit l'être dans la diction poétique. Seules exceptions : le *e muet* s'élide devant voyelle ou *h* muette, dans les terminaisons en *-aient* ou *-oient* des verbes, entre voyelle et consonne à l'intérieur d'un mot *(remerciement, avouera)* et lorsqu'il est placé à la fin du vers. La poésie classique exclut rigoureusement la séquence : voyelle + *e muet* + consonne, dans laquelle on ne peut ni prononcer, ni élider le *e muet.* Les mots terminés par un *e muet* ne peuvent donc être employés dans un vers que devant un mot à initiale vocalique. Ces règles concernant le *e muet* sont une des formes de la violence exercée sur la langue par la métrique, puisqu'elles rendent certaines phrases impossibles en poésie.

En 1555, dans les *Amours de Marie,* Ronsard peut encore écrire :

*Marie, qui voudroit vostre nom retourner,*
*Il trouveroit aimer : aimez-moy donc, Marie*

Dans le second emploi de *Marie,* à la rime, en fin de vers, le *e muet* s'élide sans problème. Mais au début du premier vers, il faut compter (et donc prononcer !) le *e muet : Ma/ri/e,* sinon l'alexandrin n'aurait que onze syllabes et serait donc faux. Ronsard s'appuie évidemment sur les traces d'une prononciation ancienne du *e muet.* Cette licence disparaît à l'âge classique. Supposons la séquence suivante : *Il prit l'épée du roi pour la briser tout net.* Pour notre oreille, elle comporte douze syllabes et pourrait donc former un alexandrin. Cependant, c'est impossible : le *e muet* dans *épée* se trouve devant consonne à l'intérieur du vers, ce qui est une position refusée par la métrique classique. L'énoncé en question n'a chance d'être accepté pour alexandrin qu'à partir d'Apollinaire, quand la métrique traditionnelle se décompose.

Le *e muet* constitue *« un moyen fondamental du vers français »* (Mallarmé). La métrique, en imposant une prononciation conservatrice, ralentit le débit, donne à chaque mot son poids phonétique, ressuscite des syllabes abolies. Les subtiles discordances entre dictions poétique et prosaïque peuvent faire naître le plaisir poétique.

Diérèse et synérèse produisent leurs effets par la prononciation particulière de certains mots. La *diérèse* est la séparation en deux syllabes de deux voyelles en contact dans un même mot : li-en, ju-in. La *synérèse,* à l'inverse, est la réunion de ces deux voyelles en une seule syllabe : lien, juin. À l'origine, diérèse et synérèse sont commandées par l'étymologie : sont prononcées distinctes les voyelles qui étaient séparées dans le mot latin originel : li-on < le-on (em) ; réciproquement sont prononcées ensemble les voyelles qui n'ont été séparées que dans l'évolution historique de la langue : fier < fer(um). D'obligatoire, cet usage est devenu optionnel et occasion d'effets stylistiques. La diérèse *« épanouit le mot et le solennise, tantôt avec noblesse, tantôt avec douceur. La synérèse l'abrège et le durcit »* (J. Mazaleyrat, *Éléments de métrique française*).

Dans ce quatrain d'Aragon, qui évoque le mois de mai 1940 et l'invasion de la France :

*O mois des floraisons mois des métamorphoses*
*Mai qui fut sans nuage et Juin poignardé*
*Je n'oublierai jamais les lilas ni les roses*
*Ni ceux que le printemps dans ses plis a gardés*

on reconnaît des alexandrins, même si le second vers fait problème. Mais il suffit de deux diérèses *(nu-age ; ju-in)* pour lui donner les douze syllabes requises. La douceur insolite de cette double diérèse ajoute au malaise de la chute brutale *(poignardé)*. Superbe trouvaille de poète rompu à la versification classique... même si Aragon, dans un enregistrement sur disque de ce poème (*« Les Lilas et les Roses »*), « oublie » de marquer les diérèses...

La tendance générale du français est à l'élimination des *hiatus* (c'est pourquoi la diérèse paraît expressive), soit par l'évolution phonétique (reïne → reine), soit par des procédés syntaxiques (liaison, élision). Alors que la poésie médiévale était tolérante, Malherbe et le Classicisme proscrivent absolument l'hiatus, ne l'acceptant qu'à l'intérieur d'un mot ou lorsqu'il est comme amorti par un *e muet* intervocalique. Cette règle fut scrupuleusement appliquée jusqu'au XIXe siècle, fût-ce en recourant à des artifices graphiques pour dissimuler les heurts de voyelles (résurrection d'orthographes archaïques : clé → clef ; nu → nud). Briser le tabou de l'hiatus fut une des grandes audaces de la prosodie romantique. La poésie moderne a peu à peu recouvré le droit à l'hiatus et redécouvert ses propriétés stylistiques.

Aucune règle ne limite le nombre de syllabes que peut comporter un vers français. Toutes les formes possibles ont été inventoriées et essayées, en particulier par les troubadours. Cependant, il est clair que les vers trop longs ne sont pas viables : l'oreille ne parviendrait plus à percevoir le retour régulier de groupes isosyllabiques. Depuis le XVIe siècle, les vers les plus fréquents sont ceux de douze et huit syllabes, éventuellement ceux de dix et six syllabes. Les vers impairs de neuf et onze syllabes ont tenté quelques symbolistes. Les vers courts ne sont utilisés que pour des tours de force prosodiques ou dans des strophes faisant alterner des vers de mètres différents. Au Moyen Âge, les grands vers français étaient le décasyllabe (vers par excellence de l'épopée, comportant dix syllabes) et l'octosyllabe (huit syllabes). La fortune de l'alexandrin (vers de douze syllabes) est récente.

On a supposé que le déclin du décasyllabe était lié à l'évolution de la syntaxe et du lexique du français, mais sans arguments vraiment probants. Théodore de Banville, dans son *Petit traité de poésie française* (1872), remarque que dans l'histoire de la poésie française, l'alexandrin a été *« le plus long à se perfectionner »,* mais qu'il est devenu le vers le plus ample et le plus divers, qui a sa place dans tous les genres poétiques. Ceci pourrait expliquer sa prédominance à l'époque moderne.

## LA RIME

Née pour aider à compter les syllabes des anciens chants liturgiques, la rime est devenue le constituant peut-être le plus évident du vers français. Elle se fonde sur le retour d'une homophonie (identité sonore) en fin de vers. Il faut la distinguer de l'*assonance* qu'utilise par exemple la *Chanson de Roland :* il y a assonance quand la dernière voyelle accentuée de deux (ou plusieurs) vers est identique, quels que soient les phonèmes qui la suivent ou précèdent : *terre* et *verte ; sourire* et *mutine.* La rime exige que soient identiques non seulement la dernière voyelle accentuée, mais aussi tous les phonèmes qui éventuellement la suivent : *bourru* et *têtu ; bac* et *sac ; rire* et *tirelire.*

On a calculé que la langue française permettait plus de 10 millions de rimes différentes. Mais des contraintes nombreuses, d'ordre phonétique, grammatical ou sémantique, en s'ajoutant aux règles minimales, restreignent considérablement le nombre des rimes autorisées et réalisées. Les statistiques établies par Pierre Guiraud ont montré que les poètes classiques (les plus économes) n'utilisaient effectivement que quelques centaines de rimes.

Pour prendre un de ses exemples, le *Dictionnaire des Rimes* présente 120 mots en *-oire* (ciboire, déboire, balançoire, mâchoire, foire, baignoire, etc.) qui pourraient se combiner en 15 000 couples de rimes. Les poètes classiques n'en utilisent guère que trois ou quatre (dans *Le Cid,* P. Guiraud a relevé : *gloire/victoire ; mémoire/gloire ; croire/gloire ; victoire/histoire).*

Parce que la rime institue une identité des fins de vers, la tradition poétique française a tendu à la faire apparaître comme une marque spécifique de limite de vers. C'est le rôle qu'elle peut encore jouer dans le vers libre, où elle souligne la découpure des différents vers :

*Maintenant tu marches dans Paris tout seul parmi la foule*
*Des troupeaux d'autobus mugissants près de toi roulent*
*L'angoisse de l'amour te serre la gosier*
*Comme si tu ne devais jamais plus être aimé*

(G. Apollinaire, « Zone », dans *Alcools*)

Dans cet exemple, les vers, très inégaux, ne peuvent plus être sensibles à l'oreille que par le retour des rimes (qui, d'ailleurs, à l'écrit, se révèlent contraires aux normes classiques en associant singulier et pluriel : *foule/roulent*).

Mais la rime peut entrer dans des systèmes de liaison des vers beaucoup plus complexes que la simple ponctuation des fins de vers. Les époques de grande rhétorique, comme le XV^e siècle, multiplient les expérimentations, jusqu'à parfois détacher la rime de la position terminale et la disséminer à l'intérieur du vers. Ces jeux de rimes ont été retrouvés par certains poètes modernes.

Ces recherches ont souvent été tenues pour des fantaisies gratuites, des tours de force de versificateurs de foire. Mais si on accepte de pénétrer dans la subtilité de ces constructions, on est pris par le vertige de ces agencements de mots, on découvre d'étonnantes possibilités poétiques. Par exemple, la *rime brisée* (qui fait rimer les vers à la césure) et les autres formes de *rimes intérieures* suggèrent la possibilité d'un découpage multiple d'un même poème : elles font apparaître des poèmes sous le poème, qui se révèlent par des lectures reprises. Jean Molinet, rhétoriqueur bourguignon (1435-1507), a composé un rondeau dont il proposait sept lectures possibles, en fragmentant le vers en segments de respectivement 2, 2, 3 et 3 syllabes, qui trouvent tous leurs rimes au fil des lectures :

*Souffrons à point; soyons bons Bourguignons*
*Bourgois loyaulx, serviteurs de noblesse,*
*Barons en point. Prospérons, besoignons,*
*Souffrons à point, soyons bons Bourguignons.*
*Oindons* son point, conquérons, espérons :*
*Françoys sont faulx : soyons seurs s'on nous blesse.*
*Souffrons à point : soyons bons Bourguignons,*
*Bourgois léaux, serviteurs de noblesse.*

En fait, ce poème permet plusieurs dizaines de lectures, si on introduit des règles de permutation des segments rythmiques de base (interversion des hémistiches, etc.). Aragon a réinventé pour son compte quelques-unes de ces contraintes rhétoriques. Il suggère par exemple de découper certains quatrains d'alexandrins de sa *Nuit de Mai* pour produire des sizains d'octosyllabes, par un jeu d'assonances et de rimes intérieures :

*O revenants bleus de Vimy vingt ans après*
*Morts à demi Je suis le chemin d'aube hélice*
*Qui tourne autour de l'obélisque et je me risque*
*Où vous errez Malendormis Malenterrés*

Il suffit de découper différemment lès vers pour lire :

---

* Frottons

*O revenants bleus de Vimy*
*Vingt ans après morts à demi*
*Je suis le chemin d'aube hélice*
*Qui tourne autour de l'obélisque*
*Et je me risque où vous errez*
*Malendormis Malenterrés*

La rime peut donc s'installer en tout point du vers. Elle peut s'étaler jusqu'à occuper le vers tout entier : c'est l'*holorime,* tour de force cher aux grands rhétoriqueurs, aux Parnassiens, aux Surréalistes... et à Victor Hugo :

*Gal, amant de la reine, alla, tour magnanime,*
*Galamment de l'arène à la Tour Magne à Nîmes.*

La pratique de la rime dans la poésie française oscille entre deux tentations contradictoires. Ou bien un mouvement de dilatation, quand la rime se multiplie et prolifère, pour explorer toutes les possibilités sonores (avec les grands rhétoriqueurs, le Parnasse et le Symbolisme, Aragon, etc.). Ou bien un mouvement de repli, quand elle est réduite à occuper la seule place de fin de vers et qu'elle est soumise à des règles limitatives qui restreignent ses effets possibles (Classicisme).

Lorsque Verlaine attaque les méfaits de la rime :

*Prends l'éloquence et tords-lui son cou !*
*Tu feras bien, en train d'énergie,*
*De rendre un peu la rime assagie.*
*Si l'on n'y veille, elle ira jusqu'où ?*

*O qui dira les torts de la rime ?*
*Quel enfant sourd ou quel nègre fou*
*Nous a forgé ce bijou d'un sou*
*Qui sonne creux et faux sous la lime ?*

(« Art poétique », *Jadis et naguère*)

ce qu'il condamne, c'est l'effet mécanique de « tam-tam », l'usage appauvri où la rime se borne à frapper le coup de gong martelant les fins de vers. Mais en même temps, Verlaine montre comment enrichir la rime : en l'intégrant dans un jeu prolongé sur les sonorités, par exemple les assonances en [u] *(sourd, nous, bijou)* dans les vers intérieurs du second quatrain, ou l'assonance en [i] qui unit les deux quatrains *(énergie/assagie/rime/lime).* Est-ce d'ailleurs par simple ironie qu'il introduit sa critique de la rime par une rime-calembour : *cou/jusqu'où ?*

Les traités de versification classent généralement les rimes selon leur plus ou moins grande conformité au principe d'identité. Une seule homophonie caractérise la *rime pauvre (nu* et *vu) ;* deux homophonies la *rime suffisante (fer* et *amer ; été* et *vérité) ;* trois homophonies ou plus la *rime riche (extravagant* et *ouragan).* D'autres rapports de sonorité peuvent s'ajouter aux rimes proprement dites : *essor* et *effort* forment une rime suffisante qui s'enrichit par l'identité de la voyelle précédente ; *planches* et *blanches* constituent une rime riche augmentée d'une correspondance articulatoire (opposition phonologique entre la sourde *p-* et la sonore *b-*). Depuis la fin du XIX^e^ siècle, ces recherches d'enrichissement de la rime se sont multipliées.

À l'obligation de rimer pour l'oreille, Malherbe et le Classicisme ajoutèrent celle de rimer pour l'œil : ils interdirent qu'*amour* rimât avec *toujours* (puisque l'orthographe des syllabes finales est différente). En réalité, le principe des rimes orthographiques n'a jamais été intégralement respecté : Boileau fait rimer *maudits* et *paradis, contents* et *temps.* C'est que, dans ces couples de mots, la consonne graphique finale correspond à une liaison potentielle identique : *maudits-z-oiseaux ; paradis-z-embaumé.* La règle de la rime pour l'œil fixe graphiquement le souvenir d'une prononciation ancienne : elle s'est constituée au XVII^e^ siècle d'après des modèles remontant au XV^e^, époque où toutes les consonnes finales étaient prononcées et où l'*-s* du pluriel absorbait la consonne finale (on prononçait *parenss* pour *parents*). La contrainte que la rime pour l'œil impose à la langue tient au décalage entre l'orthographe et la prononciation. La *rime normande* autorise à faire rimer *aimer* et *amer;* elle se fonde sur la prononciation *aimerr* longtemps usuelle en Normandie ; fréquente chez Corneille, elle est encore parfois utilisée par Baudelaire. La rime pour l'œil a trouvé en Mallarmé un ultime et enthousiaste défenseur.

Autre contrainte imposée par Malherbe : celle de l'alternance des rimes féminines (qui se terminent par un *-e muet*) et des rimes masculines (qui se terminent par une voyelle autre que *-e muet* ou par une consonne). En fait, Malherbe a rendu obligatoire un usage qui remonte à la plus ancienne poésie française et qui se fondait alors sur une opposition phonétique importante : celle des mots *oxytons* (dont l'accent portait sur la dernière syllabe) et *paroxytons* (dont l'accent portait sur l'avant-dernière syllabe, la dernière étant occupée par un *-e sourd*). L'évolution phonétique du français a fait que les *-e sourds* sont devenus des *-e muets* et tous les mots français des oxytons. L'opposition entre rimes féminines et masculines n'est donc plus phonétiquement fondée. L'alternance continue cependant à être respectée (sauf par quelques poètes modernes), sans doute parce qu'elle permet de jouer sur les possibilités stylistiques du *e muet.* Apollinaire, Aragon et quelques autres ont proposé un nouveau principe d'alternance des rimes, fondé sur l'opposition des rimes vocaliques et consonantiques :

*Mon beau navire ô ma mémoire*
*Avons-nous assez navigué*
*Dans une onde mauvaise à boire*
*Avons-nous assez divagué*
*De la belle aube au triste soir*

(Apollinaire, *La chanson du Mal-Aimé,* in *Alcools*)

## JEUX DE RIME

La rime présente une affinité naturelle avec le jeu de mots. La *rime équivoquée* fait de la rime un calembour:

*Bref, c'est pitié entre nous rimailleurs,*
*Car vous trouvez assez de rime ailleurs ;*
*Et quand vous plaît mieux que moi rimassez,*
*Des biens avez et de la rime assez.*

(Clément Marot)

Mallarmé en a retrouvé les charmes dans ses vers de circonstance. On peut en rapprocher la rime bizarre de V. Hugo, dans « Booz endormi », quand il fabrique un nom de lieu pour répondre à *« demandait » :*

*Tout reposait dans Ur et dans Jérimadeth*

Ne faut-il pas entendre, sous *Jérimadeth,* « j'ai rime à *dait* » ?
Dans la *rime annexée,* la rime est reprise en attaque du vers suivant :

*Dieu gard' ma maîtresse et régente*
*Gente de corps et de façon ;*
*Son cœur tient le mien dans sa tente*
*Tant et plus d'un ardent frisson.*

(Clément Marot)

Parmi les modernes, Aragon a quelquefois osé des rimes annexées :

*Mon esprit épris du départ*
*Dans un rayon soudain se perd*
*Perpétué par la cadence*

(« Pour demain », *Feu de joie,* 1917-1919)

La rime n'est ici que l'un des jeux de sonorités (comme les paronomases *esprit/épris, départ/perd*).
La *rime couronnée* répète deux fois, la *rime empérière* trois fois le même son à la fin d'un vers :

*Ma blanche colombelle, belle,*
*Souvent je vais priant, criant*
*Mais dessous la cordelle d'elle*
*Me jette un cœur friand, riant.*

(Clément Marot)

*Bénins lecteurs, très-diligents gens, gens,*
*Prenez en gré mes imparfaits faits faits.*

(Clément Marot)

Les rimes en écho, pratiquées par les poètes romantiques, en renouvellent le procédé :

*Voilà ce que dit le brugrave,*
*Grave,*
*Au tombeau de saint-Godefroi,*
*Froid.*

(Victor Hugo, « La Chasse du Burgrave », *Odes et ballades*)

Mallarmé joint le jeu de mots à la rime couronnée :

*Mais, chez qui du rêve se dore*
*Tristement dort une mandore*
*Au creux néant musicien*

(« Une dentelle s'abolit »)

Mais c'est Charles Cros qui est sans doute le plus fidèle à la rime empérière :

*Il était un grand mur blanc — nu, nu, nu,*
*Contre le mur une échelle — haute, haute, haute,*
*Et, par terre, un hareng saur — sec, sec, sec.*

(« Le hareng saur », *Le Coffret de santal,* 1873)

La *rime batelée* unit la fin d'un vers à la fin de l'hémistiche suivant :

*Nymphes des bois, pour son nom subl*imer
*Et est*imer, *sur la mer sont allées :*
*Si furent lors, comme on doit prés*umer,
*Sans é*cumer *les vagues ravalées.*

(Clément Marot)

Paul Valéry a très bien perçu les ressources musicales de la rime batelée :

*Le songe se dévide avec une paresse*
*Angélique, et sans cesse, au doux fuseau crédule,*
*La chevelure ondule au gré de la caresse...*

(« La Fileuse »)

La *rime senée* tient à la fois de l'allitération et de l'acrostiche : elle fait commencer tous les mots d'un vers par la même lettre :

*Miroir, mondain, Madame, magnifique,*
*Ardente, amour, adorable, angélique.*

(exemple proposé par Théodore de Banville)

Robert Desnos modernise la rime senée dans une des expérimentations de *Langage cuit* (1923) :

*Mon mal meurt mais mes mains miment*
*Nœuds, nerfs non anneaux. Nul nord*
*Même amour mol ? mames, mord*
*Nus nénés nonne ni Nine.*

(« Élégant cantique de Salomé Salomon »)

Les classiques se méfient de la rime parce qu'ils la maintiennent dans une fonction architecturale, où elle sert à souligner l'ordonnancement des vers et à assurer le dessin de certaines strophes. D'autres poètes sont sensibles à ses valeurs de suggestion: les parallélismes sonores suscitent la mise en équivalence des mots ainsi associés. La rime produit un effet poétique quand, par exemple, elle oppose par le sens les mots qu'elle rapproche par le son. Dans son *Petit Traité de poésie française,* Th. de Banville fait de la rime le *« clou d'or »* de la poésie ; *« La rime est l'unique harmonie du vers et elle est tout le vers.* [...] *L'*imagination de la rime *est, entre toutes, la qualité qui constitue le poète.* [...] *Vous ferez rimer ensemble autant qu'il se pourra des mots très semblables entre eux comme son et très différents entre eux comme sens. »* Conseil qui rejoint exactement la proscription des rimes faciles par Malherbe.

## MÈTRE ET RYTHME : CÉSURE ET ACCENTS

La définition de la nature du vers français a divisé et continue de diviser les théoriciens de la versification. Pour les uns, il est d'abord syllabique : c'est le compte des syllabes qui fait le vers. Pour d'autres, il est accentuel : c'est la présence d'accents et les relations réciproques qu'ils entretiennent qui donnent à une suite de syllabes figure de vers. De fait, la tradition classique n'accepte pas comme alexandrin n'importe quelle séquence de douze syllabes (exemple : *Je crois que vous ne me le pardonnerez pas*). Le vers obéit à des règles qui lui sont propres, et qui mettent en jeu le nombre des syllabes et la répartition des accents.

La théorie rigoureuse de la métrique, défendue récemment par B. de Cornulier, pose que le vers est un mécanisme brutal de décompte des syllabes, qui n'a à se soucier ni de la syntaxe, ni du sens. Dans les vers courts, l'oreille humaine reconnaît l'égalité du nombre des syllabes : des expériences ont montré que si l'on soumet à des sujets des suites de vers où l'on a glissé quelques parasites (vers présentant des syllabes en trop ou en moins), ceux-ci sont facilement détectés, tant que les vers ne dépassent pas huit syllabes. Au-delà, c'est la confusion, à moins que le vers long ne soit segmenté en sous-ensembles rendus sensibles à l'oreille. Il est donc nécessaire que les vers de neuf syllabes et plus se décomposent en groupements réguliers et repérables. C'est la **césure** qui opère ce découpage des vers longs. La césure se définit donc par sa fonction métrique (et non syntaxique ou respiratoire ou sémantique) : elle est un point fixe qui permet de compter, dans un vers long, des sous-ensembles de syllabes. C'est sa place qui la détermine : dans l'alexandrin classique, elle se situe à la sixième syllabe, pour découper le vers en deux moitiés de six syllabes (deux hémistiches). La césure est traditionnellement soumise à une triple contrainte : elle n'est pas possible après comme devant un **e muet** non élidé ainsi qu'à l'intérieur d'un mot. Le point essentiel, c'est la fixité de la césure : elle ne peut pas bouger, puisqu'elle régule le retour d'un nombre toujours égal de syllabes.

Le Classicisme, préoccupé d'assurer la solidité et la clarté du vers, faisait coïncider la métrique (décompte des syllabes souligné par la césure) avec les autres niveaux (syntaxe, sens, rythme). Boileau recommandait que la césure correspondît à une articulation du sens :

*Ayez pour la cadence une oreille sévère :*
*Que toujours dans vos vers, le sens coupant les mots,*
*Suspende l'hémistiche, en marque le repos.*

Cette conception surdétermine la place de la césure : elle est d'autant plus efficace qu'elle attire à elle les points d'articulation des autres niveaux. Le vers classique répugne d'ailleurs aux discordances entre syntaxe et mètre : enjambement, rejet, contre-rejet. L'**enjambement,** sur une limite externe ou interne de vers, fait déborder la structure syntaxique sur la structure métrique :

*Une femme passa, d'une main fastueuse*
*Soulevant, balançant le feston et l'ourlet.*
(Baudelaire)

L'enjambement, ici, joue sur la frontière de vers et, beaucoup plus discrètement, sur la césure du second vers. Dans cet autre exemple, emprunté à Mallarmé, l'enjambement passe par-dessus la césure :

*L'hiver, saison de l'art serein, l'hiver lucide*

On appelle **rejet** et **contre-rejet** les variétés d'enjambement où le désaccord entre mètre et syntaxe fait déborder un élément dans le vers précédent ou dans le vers suivant, ou bien avant ou après la césure :

Rejet — *Paris change ! mais rien dans ma mélancolie*
*N'a bougé (...)*
(Baudelaire)

Contre-rejet — *Tout l'hiver va rentrer dans mon être : colère,*
*Haine, frissons, horreur, labeur dur et forcé*
(Baudelaire)

Un exemple de rejet à la césure, emprunté à Mallarmé :

*Je me mire et me vois ange ! et je meurs, et j'aime*

Relativement rare au XVII^e siècle, où il procure des effets stylistiques très marqués, l'enjambement devient un des moyens favoris des romantiques pour assouplir la rigidité métrique des classiques.

Chaque type de vers français a développé des places privilégiées pour y situer la césure. Le décasyllabe se décompose en 4/6, plus rarement en 6/4, parfois en 5/5. Mais, sauf pour un effet voulu, la césure n'émigre pas d'une place à l'autre à l'intérieur d'un même poème : sinon la mesure se brouillerait, les vers ne seraient plus nombrables à l'oreille.

Quand les poètes s'essaient à des vers « nouveaux » — les formules impaires, chères à Verlaine, vers de 9, 11, voire 13 syllabes —, il leur faut inventer aussi une césure possible. Dans « Crimen amoris » *(Jadis et naguère),* Verlaine impose au vers de 11 syllabes une découpe 7/4 (norme métrique qu'il pervertit allègrement, mais cette perversion, qui fait le charme de son art poétique, a besoin de la norme pour se déployer) :

*C'est la fête aux Sept Péchés : ô qu'elle est belle !*
*Tous les Désirs rayonnaient en feux brutaux ;*
*Les Appétits, pages prompts que l'on harcèle,*
*Promenaient des vins roses dans des cristaux.*

Les trois premiers vers obéissent tout à fait à une norme 7/4. Le quatrième est plus problématique, puisqu'il fait tomber la césure sur une syllabe impossible : un *e muet* non élidé.

L'alexandrin est normalement césuré en 6/6. Mais une forme particulière d'enjambement sur la césure a rendu familier un alexandrin **ternaire,** où syntaxe, sens, rythme suggèrent un découpage 4/4/4 :

*Toujours aimer, toujours souffrir, toujours mourir*
(Corneille)

*Parfois on trouve un vieux flacon qui se souvient*
(Baudelaire)

Victor Hugo a fait de l'alexandrin ternaire un de ses chevaux de bataille contre la versification classique :

*J'ai disloqué ce grand niais d'alexandrin*

Dans ces trois exemples, la césure à la sixième syllabe n'est pas supprimée : puisqu'elle coïncide avec une frontière de mots, il est toujours possible de la faire apparaître par un artifice de lecture (en séparant par une légère pause *toujours* et *souffrir, vieux* et *flacon*). Les vers ternaires classiques et romantiques juxtaposent une double structure : celle du mètre 6/6, toujours présente, mais contestée par une structure rythmique, syntaxique, sémantique, de type 4/4/4.

En rendant impossible la césure de sixième syllabe (en la faisant coïncider avec un *e muet* ou avec une syllabe intérieure de mot), Mallarmé, Verlaine, Rimbaud obligent l'oreille à entendre l'alexandrin comme un mètre 4/4/4, puis, en supprimant l'une des deux coupes, comme un mètre 4/8 ou 8/4 :

4/4/4 : *À me peigner nonchalamment dans un miroir*
(Mallarmé)

4/8 : *Bonté, respect ! Car, qu'est-ce qui nous accompagne*
(Verlaine)

8/4 : *Jamais nous ne travaillerons, ô flots de feux*
(Rimbaud)

De ce traitement éprouvant, l'alexandrin sort encore vivant, et sans doute plus musical. Mais il atteint un point-limite : dès qu'il n'est plus possible de repérer à l'oreille une égalité de syllabes, le vers disparaît en tant que tel, même si le décompte est arithmétiquement exact. Du reste, les poètes modernes ont tiré de beaux effets du mélange, dans un même poème, d'alexandrins fidèles à la norme et de vers de mesure incertaine, « faux alexandrins » qui agacent délicieusement l'oreille du lecteur.

Les analyses de la versification confondent parfois le plan du mètre (le décompte des syllabes) et celui du rythme (et principalement du rythme accentuel). La confusion a été facilitée par la convergence souhaitée par le classicisme entre mètre et rythme (la césure y est nécessairement une syllabe fortement accentuée). Mais la poésie moderne s'épanouit dans leur divergence.

Ce qui rend délicate l'étude des rythmes accentuels, c'est que le phénomène linguistique de l'accentuation en français a reçu des descriptions souvent peu satisfaisantes et parfois contradictoires. On partira ici de l'analyse proposée par Jean-Claude Milner et François Regnault, dans un ouvrage consacré aux problèmes soulevés par la diction de l'alexandrin classique (*Dire le vers,* 1987).

Il existe plusieurs types d'accents en français : accents objectifs (accents de mots et accents d'outils syntaxiques) et accents d'intention. Ces accents se disposent sur les groupements de base de la phrase française : les « mots phonologiques », c'est-à-dire sur les ensembles étroitement unis formés par les groupes syntaxiques majeurs : groupe nominal (le nom et ses déterminants et compléments), groupe verbal (le verbe et ses déterminants et compléments), groupe adjectif (l'adjectif et ses déterminants et compléments), groupe prépositionnel (la préposition et le groupe nominal qui la complète).

L'accent de mot fondamental est l'**accent tonique** (parfois appelé accent d'énergie ou accent d'intensité), qui donne une emphase particulière (une durée plus longue, voire une intensité et une hauteur plus grandes) à la syllabe sur laquelle il porte, c'est-à-dire la dernière d'un mot phonologique. Comme le mot phonologique peut comprendre un ou plusieurs mots lexicaux, l'accent se place sur la fin d'un mot ou d'un groupe de mots : *Viéns ! Il viént. Viens demain sans faúte !*

Moins reconnu et moins décrit, il existe un autre accent de mot, sur la première syllabe du mot phonologique : l'*accent secondaire* (Milner et

Regnault l'appellent « contre-accent », mais l'expression peut prêter à confusion, car elle a reçu d'autres valeurs en stylistique). L'accent secondaire a beaucoup moins de force que l'accent tonique.

Les syllabes intérieures d'un mot phonologique sont désaccentuées : *Il viént,* mais : *Il vient demaín.* Cependant il peut rester une trace de l'accent effacé, qu'on appellera accent **résiduel**.

L'**accent d'outil syntaxique** porte parfois sur certains mots interrogatifs exclamatifs, négatifs : *Lequèl ? Còmme c'est beau ! Il n'est pàs venu.*

Les accents d'intention soulignent l'élément initial d'un mot pour un effet particulier. L'**accent d'insistance** (ou affectif) appuie sur la première consonne : *c'est divin ; c'est détestable.* **L'accent d'intellection** insiste sur la première syllabe du mot : *c'est divin ; c'est détestable.*

Tous ces accents sont des accents de langue. Les accents d'intention, comme leur nom l'indique, sont laissés à la discrétion de celui qui parle. Les accents objectifs sont de force inégale, l'accent tonique de fin de mot phonologique marquant l'insistance la plus forte.

En poésie, il peut exister des accents d'un autre type, qui sont comme la trace d'un rythme musical sous-tendant le vers (Apollinaire et beaucoup de poètes ont confié que l'inspiration leur venait sur l'accompagnement d'une musique intérieure, sorte de patron rythmique du vers). Les comptines ont conservé toute la force de ce rythme accentuel de vers :

*Une sou*ris *ver*te
*Qui* cou*rait* dans l'*her*be
*Je* l'at*tra*pe *par* la *queue*
*Je* la *mon*tre à *ces* mes*sieurs*

Le vers classique ne possède pas d'accents aussi autonomes. Il se contente de jouer sur les accents de langue. Mais en intégrant les règles de la métrique (décompte des syllabes, existence d'une césure fixe dans les vers longs), il impose une configuration obligée de la distribution des accents. Dans le cas de l'alexandrin, le vers comporte deux accents à des places fixes, déterminées par les contraintes métriques (en l'occurrence, la sixième et la douzième syllabes, qui sont frontières interne et externe du vers) et, en principe, deux accents mobiles.

Règle fondamentale : l'accent de vers doit coïncider avec un accent de langue, et le plus fort possible. L'alexandrin est puissamment rythmé quand il possède quatre accents toniques de mots phonologiques, dont deux occupant les sixième et douzième syllabes du vers :

***Emporte-mói, wagón ! enlève-mói, frégáte !***

**(Baudelaire)**

Mais tous les alexandrins (heureusement, bien sûr!) ne rentrent pas dans ce schéma. Il n'y a pas toujours quatre mots phonologiques dans un vers. Et aux places obligées des accents fixes, il ne se rencontre pas toujours des accents toniques forts. Le vers résout ces difficultés en mobilisant, à la place d'accents toniques, les autres accents possibles : accents résiduels et accents secondaires (les accents d'intention, soumis à la fantaisie individuelle, ne jouent pas de rôle rythmique).

Les accents résiduels (accents toniques effacés sur les éléments situés à l'intérieur d'un mot phonologique) peuvent être réactivés en position d'accents de vers :

*Infinís berceménts du loisír embaumé*

(Baudelaire)

Ce vers ne comprend qu'un mot phonologique qui développe trois accents sur trois de ses composants.

Lorsque la césure coïncide avec un accent résiduel réactivé, il s'agit tout simplement d'un enjambement :

*Pour l'enfánt, amoureúx de cártes et d'estámpes*

(Baudelaire)

Ou bien :

*Homme líbre, toujoúrs tu chérirás la mér*

L'accent portant sur *enfant* et sur *libre* est plus fort (c'est un accent tonique) que celui sur *amoureux* et *toujours* (accent à l'intérieur de mots phonologiques) : il y a donc, dans cette discordance, un effet de rythme.

Effet aussi quand, à l'édulcoration de l'accent fort de la césure, s'ajoute la multiplication des accents mobiles :

*S'oúvre et s'enfónce avéc l'attiránce du goúffre*

(Baudelaire)

Quand un hémistiche entier est occupé par un mot phonologique qui ne peut développer d'accent résiduel, le vers peut faire appel à l'accent secondaire (d'initiale de mot phonologique) :

*Pár l'opératión d'un mystère vengéur*

(Baudelaire)

Le travail d'assouplissement de l'alexandrin, opéré par les successeurs de Baudelaire, a porté aussi sur le rythme accentuel. Ils ont multiplié les non-coïncidences de la césure et de l'accent tonique fort, ajouté à l'enjambement l'effet de juxtaposition de deux syllabes accentuées.

*Je me míre et me vóis ánge ! et je meúrs, et j'aíme*

(Mallarmé)

L'enjambement provoque ici le télescopage de deux syllabes fortement accentuées : *vois,* parce que c'est la syllabe de la césure, *ange* parce que c'est une fin de mot phonologique. Or c'est un principe fondamental du rythme linguistique du français de répugner à de tels rapprochements immédiats de syllabes fortement accentuées. Mallarmé s'empare de cet interdit pour produire un bel effet de rythme.

Mètre et rythme se combinent pour donner son visage particulier au vers français. Plus précisément, le vers français naît de la tension du mètre et du rythmc. *« Dc l'indépendance à la convergence entre mètre et rythme, de la convergence à la rupture polémique : ainsi peut se résumer l'histoire de l'alexandrin »* (J. Molino et J. Tamine). Dans la situation de *« crise de vers »,* décrite par Mallarmé qui est à son origine, situation qui perdure aujourd'hui, les poètes font coexister les alexandrins les plus traditionnellement exacts et les vers échappant à tout principe métrique et rythmique cohérent.

## LA STROPHE

En principe, un vers ne peut être unique. Il appelle, par définition, la comparaison (du mètre, de la rime) avec un homologue dont le « retour » institue la versification. Pourtant, un seul vers peut former un poème :

**Chantre**
*Et l'unique cordeau des trompettes marines*

La fascination poétique qu'exerce ce « vers-poème » d'Apollinaire provient sans doute de son isolement mystérieux sur la page, de la liaison perdue avec un contexte (d'autres vers ?) que suggère le *Et* initial, du malaise que suscite l'absence de réponse à l'appel de la rime.

Le groupement des vers s'organise selon un ordre plus ou moins cohérent, qui peut aboutir à l'unité complexe de la **strophe.**

Traditionnellement, les vers sont assemblés suivant l'alternance des rimes féminines et masculines. Les **rimes plates** obéissent au principe de l'alternance simple (schéma *aabbccdd* etc.) :

*Voici le soir charmant, ami du criminel ;*
*Il vient comme un complice, à pas de loup ; le ciel*
*Se ferme lentement comme une grande alcôve,*
*Et l'homme impatient se change en bête fauve.*

(Baudelaire)

Les **rimes croisées** sont définies par le schéma *ababcdcd,* etc. :

*La très chère était nue, et connaissant mon cœur,*
*Elle n'avait gardé que ses bijoux sonores,*
*Dont le riche attirail lui donnait l'air vainqueur*
*Qu'ont dans leurs jours heureux les esclaves des Mores.*

(Baudelaire)

Les **rimes embrassées** se conforment au schéma *abbacddc,* etc. :

*Viens sur mon cœur, âme cruelle et sourde,*
*Tigre adoré, monstre aux airs indolents ;*
*Je veux longtemps plonger mes doigts tremblants*
*Dans l'épaisseur de ta crinière lourde.*

(Baudelaire)

L'assemblage de deux vers formant un ensemble complet constitue un **distique :**

*Son œil devint étrange et semblait voir des choses*
*Au fond de son esprit confusément écloses.*

(Victor Hugo)

On appelle (ou on devrait appeler) **tirade** une succession régulière de vers à rimes plates et alternées. Pour qu'une série de vers forme une **strophe,** il faut qu'ils s'organisent en une disposition réglée, constituant un ensemble complet et refermé sur lui-même (« strophe » dérive d'un mot grec qui signifie « circuit ») : la correspondance des rimes doit constituer un système clos, de même que l'alternance éventuelle de mètres différents :

*Reste ici caché : demeure !*
    *Dans une heure*
*D'un œil ardent tu verras*
*Sortir du bain l'ingénue*
    *Toute nue*
*Croisant ses mains sur ses bras*

(Victor Hugo)

Ces six vers se constituent en strophe (sizain), car la correspondance des rimes est achevée (chacune des trois rimes trouve son répondant) et close (les rimes embrassées assurent une liaison solide, alors qu'une suite de vers à rimes plates formerait un ensemble trop lâche) ; de plus, l'alternance des mètres obéit à un ordre précis : chaque vers de trois syllabes est encadré par deux vers de sept ; le système des mètres est clos quand chacun a trouvé son homologue, donc seulement au sixième vers. La non-correspondance des rimes des deux vers courts introduit une heureuse discordance dans une structure de liaisons très solides. C'est la superposition des deux structures rimique et métrique qui assure la cohérence de la strophe. Le seul système des rimes pourrait laisser apparaître un risque de dislocation, la strophe se décomposant en un distique suivi d'un quatrain. La disposition typographique (le retrait des vers courts par rapport aux vers longs) rend la forme strophe immédiatement perceptible à l'œil.

Les poètes du XIX^e^ siècle (Victor Hugo plus que tous) ont poursuivi méthodiquement la recherche de formes strophiques nouvelles.

## LES POÈMES À FORME FIXE

Les groupements de strophes obéissant à des règles déterminées peuvent constituer des genres particuliers de poèmes, dont la forme est fixée par la tradition. Certaines formes ont connu un succès immense, du Moyen Âge jusqu'au XVIIe siècle — et même jusqu'au XIXe : rondeau, virelai, ballade, etc. Le **sonnet,** d'origine italienne, introduit en France à l'aube du XVIe siècle, instrument favori de Du Bellay et Ronsard, renouvelé par Baudelaire au XIXe, a su tenter encore bien des poètes contemporains (Robert Desnos, Raymond Queneau, etc.). Le sonnet compte quatorze vers disposés en deux quatrains et un sizain (traditionnellement scindé en deux tercets : mais le tercet ne forme pas une strophe à proprement parler, puisque sa structure n'est pas close). La disposition des rimes obéit régulièrement au schéma : *abba abba ccd ede.* Une variante, dite « irrégulière », mais largement attestée, propose pour les tercets l'arrangement *ccd eed.* Le sizain peut donc s'analyser comme l'assemblage d'un distique et d'un quatrain. Et dans la forme *ccd eed*, popularisée par Marot, le quatrain parasite, par ses rimes embrassées, est du même type, mais sur des sonorités différentes, que les deux quatrains réguliers.

Parmi les nombreuses expérimentations de Baudelaire sur le sonnet, cet exemple est particulièrement suggestif :

*LA VIE ANTÉRIEURE*

*J'ai longtemps habité sous de vastes portiques*
*Que les soleils marins teignaient de mille feux,*
*Et que leurs grands piliers, droits et majestueux,*
*Rendaient pareils, le soir, aux grottes basaltiques.*

*Les houles, en roulant les images des cieux,*
*Mêlaient d'une façon solennelle et mystique*
*Les tout-puissants accords de leur riche musique*
*Aux couleurs du couchant reflété par mes yeux.*

*C'est là que j'ai vécu dans les voluptés calmes,*
*Au milieu de l'azur, des vagues, des splendeurs,*
*Et des esclaves nus, tout imprégnés d'odeurs,*

*Qui me rafraîchissaient le front avec des palmes,*
*Et dont l'unique soin était d'approfondir*
*Le secret douloureux qui me faisait languir.*

Première irrégularité : les rimes des quatrains sont inversées : *abba baab.* Pour souligner la correspondance et les échanges qui s'instaurent entre le ciel et la mer ? Seconde irrégularité : le schéma rimique des tercets est du type *cdd cee.* Cette disposition brise la clôture du sonnet, puisqu'elle détache un distique isolé en fin de poème et fait succéder aux quatrains réguliers le quatrain parasite des vers 9-12, aux rimes embrassées. Or le distique, sur le plan sémantique, vient ruiner le bonheur paradisiaque qui s'étalait dans les trois quatrains. C'est le système des rimes, que tente de masquer l'artifice typographique de la présentation en tercets, qui porte le sens du poème : faux sonnet, et faux paradis...

## LE VERS LIBRE

Au XVII^e^ siècle, on appelait **vers libres** des suites de vers réguliers, que variaient la longueur des mètres utilisés et, parfois, la disposition des rimes (par exemple, la même rime pouvait être répétée plus de deux fois). Beaucoup des *Fables* de La Fontaine sont écrites en vers libres.

Le **vers libre** qui apparaît avec le Symbolisme (il est théorisé par Gustave Kahn en 1877) est une réalité toute différente. C'est un vers qui veut se libérer peu à peu des contraintes acceptées depuis Malherbe. La régularité métrique est abandonnée, mais on conserve la rime ou l'assonance (Apollinaire). Ou bien la mesure syllabique est maintenue, mais la rime disparaît (Éluard). Ainsi le vers libre n'est révolutionnaire que si l'on considère les normes classiques comme un donné intangible. Il réalise surtout le désir d'inventorier et d'expérimenter les ressources rythmiques propres à la langue française (dans le vers libre, les seuls accents sont ceux de la langue habilement combinés) ; il permet de s'aventurer sur des voies nouvelles : recherche sur les parallélismes de sonorités (les symbolistes) ; exploration des possibilités de la prosodie répétitive (Péguy, dans les *Mystères*). Le verset de Paul Claudel constitue sans doute la limite du vers libre. Il est censé procéder de l'imitation des textes bibliques et fonder sa métrique sur le souffle du poète : la respiration donne forme à l'inspiration. En réalité, le verset claudélien s'affirme souvent par le refus souligné de toutes les contraintes traditionnelles (mètre, rime, parallélismes). Dans ces conditions, la limite entre prose et vers tend à s'abolir. Il ne reste plus qu'une seule — mais capitale — marque distinctive pour désigner le vers : le blanc typographique qui court jusqu'à la marge.

## LE POÈME EN PROSE

Si ce blanc disparaît, on retrouve la prose. Voire. Car il existe une forme poétique qui refuse le vers et qui échappe à la prose : c'est le *poème en prose,* qui est sinon inventé, du moins imposé par les poètes qui ruinent définitivement la conception classique de la poésie : Baudelaire, Rimbaud, Mallarmé, Lautréamont. Coïncidence remarquable : le poème en prose surgit en même temps que la coupure d'où naît l'idée moderne de la poésie.

Il faut distinguer le poème en prose de la *prose poétique :* celle-ci emprunte au vers un certain nombre d'éléments (par exemple, l'attention portée au rythme accentuel) ; mais, chez Rousseau ou Chateaubriand, elle reste prose, car elle ne fait qu'intégrer une recherche prosodique à un flux narratif qui reste prééminent. La prose poétique reste un discours qui va droit devant lui. Le poème en prose, lui, s'arrache à l'écoulement linéaire

## UN TOMBEAU DU SONNET

Le vers de Boileau :

*Un sonnet sans défaut vaut seul un long poème*

a statufié le sonnet comme le genre-roi de la poésie française. Une histoire du sonnet de langue française recouperait à peu près celle de la poésie (en laissant cependant de côté quelques grand réfractaires, comme Victor Hugo). Imposé par une longue tradition, il est devenu la forme fixe « naturelle » de la langue française, comme l'alexandrin en est le vers par excellence. Rien ne le montre mieux que le sort qu'Apollinaire fait subir au sonnet dans ce poème d'*Alcools :*

*Les Colchiques*

*Le pré est vénéneux mais joli en automne*
*Les vaches y paissant*
*Lentement s'empoisonnent*
*Le colchique couleur de cerne et de lilas*
*Y fleurit tes yeux sont comme cette fleur-là*
*Violâtres comme leur cerne et comme cet automne*
*Et ma vie pour tes yeux lentement s'empoisonne*

*Les enfants de l'école viennent avec fracas*
*Vêtus de hoquetons et jouant de l'harmonica*
*Ils cueillent les colchiques qui sont comme des mères*
*Filles de leurs filles et sont couleur dè tes paupières*
*Qui battent comme les fleurs battent au vent dément*

*Le gardien du troupeau chante tout doucement*
*Tandis que lentes et meuglant les vaches abandonnent*
*Pour toujours ce grand pré mal fleuri par l'automne*

Ce poème n'offre nullement à l'œil la physionomie d'un sonnet : il n'en a ni la disposition typographique, ni le nombre de vers (15 au lieu de 14). Cependant le retour des rimes *automne/s'empoisonne* et de la rime en *-a (lilas/fleur-là/fracas/harmonica)* met en évidence une importante régularité. Mais les vers 2 et 3 sont choquants par leur brièveté, dans un environnement d'alexandrins (ou de quasi-alexandrins). Or si l'on réunit ces vers 2 et 3 :

*Les vaches y paissant lentement s'empoisonnent*

on obtient un alexandrin parfaitement régulier. Et le poème compte maintenant 14 vers. L'étude de la genèse du poème a montré que c'est sur les épreuves qu'Apollinaire a scindé ce qui était initialement un alexandrin. En le restituant, on retrouve la forme matricielle du poème, la forme du sonnet encore discernable malgré ses métamorphoses. Seul vestige très visible de la forme-mère : le tercet maintenu à la fin du poème. Le jeu des rimes plates tourne le dos au système du sonnet ; pourtant la reprise des mêmes rimes sur les huit premiers vers rappelle l'homologie des rimes des quatrains.

La forme de l'alexandrin subit des métamorphoses analogues : le modèle alexandrin s'impose dans les premiers vers tout à fait conformes à la norme. Puis il se défait, par exemple aux vers 9, 11, 14, qui souffrent d'un excès de syllabes. C'est donc tout le poème qui joue sur les formes canoniques, en les faisant sortir de leurs normes. *Les Colchiques* n'est pas un sonnet, mais le souvenir d'un modèle, le tombeau d'une grande forme. Et cette mise en pièces du sonnet est encore un hommage à sa puissance de poésie.

de la prose ; il s'installe dans un espace limité, condensé, organisé ; souvent sa brièveté l'isole sur l'étendue de la page. Suzanne Bernard *(Le Poème en prose de Baudelaire jusqu'à nos jours)* distingue deux grands modèles de génération du poème en prose : une tendance « organisatrice », qui structure fortement le texte, jusqu'à le clore sur lui-même par des effets de parallélisme, de récurrence cyclique ; une tendance « anarchique », qui, sans rime ni raison, libère le poème de toute allégeance à l'autorité de la logique. Ces deux formes ont en commun de récuser l'ordre et la linéarité logiques. Elles s'inscrivent hors du courant qui emporte la prose « droit devant elle ».

## VERS D'AUTRES VERSIFICATIONS ?

Et s'il était possible de découvrir d'autres territoires poétiques que les terres trop bien connues de la versification établie ?

En étudiant la versification latine, Ferdinand de Saussure a cru remarquer le retour d'un phénomène troublant. Tout se passe, selon lui, comme si le vers latin était soumis aux lois de l'**anagramme :** répétition des sons (ou des lettres) composant un mot (en général il s'agit d'un nom propre), qui se trouveraient disséminés à l'intérieur du vers (ou à travers l'ensemble d'un poème). Ainsi le vers :

*Taurasia Cisauna Samnio cepit*

contient-il l'anagramme du nom Scipio. Ces hypothèses de Saussure sont restées inédites jusqu'en 1964. En fait, il ne semble pas que l'on puisse reconnaître dans l'anagramme un procédé observé consciemment par les poètes de langue latine (ce que Saussure, peut-être, aurait aimé démontrer). Il reste que la répétition et la dissémination des sons constitue un processus important dans la production d'un texte, particulièrement en poésie. Julia Kristeva, Henri Meschonnic ont montré dans l'anagramme la trace d'un inconscient du travail poétique. Dans une phrase de Baudelaire *(« Je sentis ma gorge serrée par la main **terrible** de l'hystérie »),* Jean Starobinski a analysé la prégnance de l'anagramme : *« Tout se passe comme si le mot final avait fourni d'avance la trame conductrice des mots antécédents, l'*hystérie *apparaissant en plein jour après s'être annoncée diffusément, à la fois par ses effets physiologiques (au niveau du signifié) et par ses phonèmes constitutifs (au niveau du signifiant). »*

L'anagramme, faisant surgir des *« mots sous les mots »,* des poèmes sous les poèmes, invite à une lecture souterraine de la poésie.

C'est du côté d'une fabrication très concertée d'objets poétiques nouveaux que se situent Raymond Queneau et l'*Oulipo* (Ouvroir de littérature potentielle) : l'Oulipo s'est fixé pour tâche d'inventer de nouvelles recettes de productions d'objets de langage (ou poèmes), par exemple en empruntant à l'algèbre de nouvelles lois de composition, à la topologie des principes d'ouverture ou de fermeture du poème, en transformant des textes par projection, en utilisant des langages spéciaux (celui des ordinateurs ou des animaux...), etc.

Plusieurs recueils collectifs ont déjà présenté certaines des inventions et trouvailles des oulipiens, par exemple ces formes nouvelles :
— le poème à rimes hétérosexuelles, qui utilise des rimes masculines ayant même support vocalique et même consonne d'appui que la rime féminine correspondante :

*Le Christ, le Christ partout était son seul souci,*
*Point l'éphèbe aux beaux reins ou la femme lascive,*
*Sans répit il allait, songeant toujours à Lui,*
*Qu'il priât, qu'il pissât, trempât son pain dans l'huile…*

— le $\overline{\text{poème}}$ (poème-barre) met des rimes où il n'y en a pas et n'en met pas où l'on en met d'habitude :

*Gal, amant de la Reine, alla — c'est étonnant —*
*Galamment de l'arène à la place Dauphine.*

— les haï-kaï booléens qui sont formés uniquement avec les mots communs à deux poèmes préexistants (l'intersection de deux ensembles dans l'algèbre de Boole).

Georges Pérec a été un très fécond inventeur de techniques nouvelles. Dans *La Disparition* (1969), roman de la disparition de la lettre *e*, jamais employée dans l'ouvrage, il a inséré la transformation d'un sonnet de Baudelaire, totalement privé de *e :*

*Chanson*
*par un fils adoptif du commandant Aupick*

*Sois soumis, mon chagrin, puis dans ton coin sois sourd*
*Tu la voulais, la nuit, la voilà, la voici*
*Un air tout obscurci a chu sur nos faubourgs*
*Ici portant la paix, là-bas donnant souci.*

*Tandis qu'un vil magma d'humains, oh, trop banals,*
*Sous l'aiguillon Plaisir, guillotin sans amour,*
*Va puisant son poison aux puants carnavals,*
*Mon chagrin, saisis-moi la main ; là, pour toujours*

*Loin d'ici. Vois s'offrir sur un balcon d'oubli,*
*Aux habits pourrissants, nos ans qui sont partis ;*
*Surgir du fond marin un guignon souriant ;*

*Apollon moribond s'assoupir sous un arc*
*Puis ainsi qu'un drap noir traînant au clair ponant*
*Ouïs, Amour, ouïs la Nuit qui sourd du parc.*

Il faut bien sûr, sous la chanson de Pérec, retrouver le texte baudelairien de « Recueillement », pour apprécier toute la jubilation sacrilège de la transposition.

L'une des entreprises les plus étonnantes de réutilisation de poèmes antérieurs est l'*Autobiographie, chapitre X* (1977) de Jacques Roubaud, entièrement composée d'un montage de citations empruntées aux grands recueils poétiques du début du siècle. Voici comment Jacques Roubaud présente son entreprise : « *Il m'est arrivé en 1918* la première aventure céleste de monsieur Antipyrine, *en 1919* la deuxième ; *en 1918 encore la* lucarne ovale *de Pierre Reverdy, en 1923* Rrose Sélavy *de Marcel Duchamp et Robert Desnos...*

*« De tous ces poèmes, composés dans les dix-huit années (1914-1932) qui précédèrent ma naissance, j'ai fait ce livre, chapitre dixième d'une autobiographie :* la vie est unique, *mais les paroles d'avant la mémoire font ce qu'on en dit. »*

Et voici un exemple, une troisième variation sur des lambeaux de vers prélevés dans l'œuvre de Paul Éluard :

*L'AMOUR LA POÉSIE L'AMOUR TROIS*

*tête je te l'ai dit pour l'arbre*
*moins les mains sur les yeux toi*
*et j'entends les herbes la seule ton rire*

*la terre est une erreur les mots*
*j'en rêve que je dors je*
*ne veux pas inventer de béquilles ad*

*mirables. où sommes nous. une*
*seule te fait briller et*
*toutes les raisons disparaissent : souffrir.*

Bien d'autres possibilités de versification et de production de poèmes ont été et seront inventées.

## RÉFÉRENCES ET LECTURES COMPLÉMENTAIRES


• *Un dictionnaire volumineux :*

H. MORIER, *Dictionnaire de poétique et de rhétorique*, Paris, P.U.F., 1973.

• *Deux guides succincts :*

P. GUIRAUD, *La Versification,* Paris, P.U.F., coll. Que sais-je ?, 1970.

J. MAZALEYRAT, *Éléments de métrique française,* Paris, A. Colin, coll. U2.

• *Quelques ouvrages importants :*

B. DE CORNULIER, *Théorie du vers. Rimbaud, Verlaine, Mallarmé,* Paris, Seuil, 1982.

F. DELOFFRE, *Le Vers français,* Paris, SEDES, 1973.

Th. ELWERT, *Traité de versification française des origines à nos jours,* Paris, Klincksieck, 1965.

G. LOTE, *Histoire du vers français,* 3 vol., Paris, Boivin-Hatier, 1949-1955.

J.-C. MILNER et F. REGNAULT, *Dire le vers,* Paris, Seuil, 1987.

J. ROUBAUD, *La Vieillesse d'Alexandre :* essai sur quelques états récents du vers français, Paris, Maspero, 1978.

# 6 *Le lecteur et le poème*

## COMMENT LIRE UN POÈME ?

On a souvent constaté — et déploré — la distance qui s'élargit entre la poésie et son public potentiel. Genre dominant à l'aube du XIXe siècle (on publiait davantage de recueils poétiques que de romans), la poésie ne survivrait plus aujourd'hui que par la grâce d'éditeurs-mécènes ou par la multiplication du compte d'auteur, les lecteurs boudant la production des poètes contemporains. Mais c'est le contraire qui serait étonnant : la poésie rompant avec les habitudes de langage, proposant l'exploration aventureuse de voies inconnues, sinon interdites, comment imaginer qu'un poète reçoive une adhésion immédiate et enthousiaste ? D'autant que, si la poésie dérange vraiment, on s'emploiera à étouffer sa voix subversive.

La poésie intimide. On n'ose pas l'approcher, parce qu'on ne sait pas comment s'y prendre. Ce malaise ressort nettement quand on interroge élèves et enseignants sur la place de la poésie à l'école : l'explication des textes poétiques est souvent contestée, car « la poésie ne s'explique pas » ; « il faut seulement la ressentir » ; « on ne peut pas l'enseigner, tout juste la donner à lire ». Inquiétude légitime, car trop de prétendues explications réduisent le poème, selon la dichotomie de la rhétorique, à agrémenter d'une « forme » précieuse un « fond » qu'il s'agit de traduire (grossièrement) en prose. Ou bien la lecture de la poésie s'enlise dans une contemplation quasi religieuse ; et l'explication se limite à une tautologie extasiée. Mais si l'on admet que la poésie est invention d'un langage, il revient au lecteur d'élucider les règles de construction de chaque poème, en déchiffrant le code immanent qui le gouverne (ce qui implique le refus des à-peu-près historiques, psychologiques ou moraux). Lire la poésie ne consiste donc pas à deviner ce que « voulait dire » le poète, mais à analyser ce que le poème dit. Ce travail de décryptage peut demeurer inconscient ou à demi conscient. C'est ce qui se passe quand nous prenons plaisir à la lecture « naïve » d'un poème. Mais si le poème résiste et se dissimule sous un masque d'obscurité, nous devons interroger son fonctionnement : en mettant sa constitution linguistique en évidence, nous découvrons sa façon particulière de signifier. Ainsi se trouve établie solidement la base d'une interprétation (qui, à des niveaux ultérieurs, prendra éventuellement en compte les apports d'autres disciplines : histoire littéraire, sociologie, psychanalyse, etc.).

Si lire un poème suppose une analyse (au moins implicite) de son mode de fonctionnement linguistique, les développements des sciences du langage ont apporté beaucoup d'outils pour des lectures plus rigoureuses des textes poétiques. En 1962, l'étude par R. Jakobson et C. Lévi-Strauss d'un sonnet de Baudelaire (*Les Chats*) est devenue comme le modèle d'un genre critique : l'analyse structurale d'un poème. L'ouvrage de M.

Delcroix et W. Geerts (« *Les Chats* » *de Baudelaire*, 1980), en a minutieusement recensé la postérité. L'analyse de type structural a sans doute été victime de l'engouement qu'elle a suscité : trop d'échafaudages théoriques, trop de relevés d'occurrences, de couplages systématiques ont étouffé le poème étudié. La réalité poétique se dissout nécessairement dans le travail de fourmi du descripteur structural. Cependant si l'on n'attend de ce type d'analyse, comme de tout recours aux instruments fournis par la linguistique, que ce qu'ils peuvent donner : une description des processus qui produisent l'effet de poésie, on peut y trouver une leçon de méthode, pour se prémunir contre les interprétations abusives et les projections proliférantes, qui font dire aux textes tout et son contraire. L'analyse structurale, qui suppose la clôture du texte, convient mieux aux poèmes parfaitement refermés sur eux-mêmes, comme le sonnet : d'où le succès critique des *Chats*... En s'attachant surtout à ce type de texte, elle a eu le mérite de souligner l'immanence des poèmes, qui ne prennent sens qu'en eux-mêmes.

## LIRE « LA MORT DES AMANTS »

Dans l'exemple suivant, reprenant très étroitement, pour l'essentiel, une analyse de N. Ruwet (publiée dans le numéro d'hommage à Roman Jakobson de la revue *L'Arc*, au 1^er^ trimestre 1975), on interroge le fonctionnement linguistique du poème de Baudelaire « La Mort des Amants » pour préciser le choix qu'il opère, la « configuration de sens » qu'il détermine parmi toutes les idées et représentations que le titre fait surgir en l'esprit : images de l'amour et de la mort et de leur inévitable liaison ; conflits de l'amour charnel et de l'amour spirituel, de l'amour profane et de l'amour sacré ; croyance chrétienne en la résurrection des corps ; conception qui fait de l'amour physique une « petite mort », un équivalent de la mort... C'est à tout cet arrière-plan, en le gauchissant, en le transformant, que le poème donne sens :

*LA MORT DES AMANTS*

*Nous aurons des lits pleins d'odeurs légères,*
*Des divans profonds comme des tombeaux,*
*Et d'étranges fleurs sur des étagères,*
*Écloses pour nous sous des cieux plus beaux.*

*Usant à l'envi leurs chaleurs dernières,*
*Nos deux cœurs seront deux vastes flambeaux,*
*Qui réfléchiront leurs doubles lumières*
*Dans nos deux esprits, ces miroirs jumeaux.*

*Un soir fait de rose et de bleu mystique,*
*Nous échangerons un éclair unique,*
*Comme un long sanglot, tout chargé d'adieux ;*

*Et plus tard un Ange, entr'ouvrant les portes,*
*Viendra ranimer, fidèle et joyeux,*
*Les miroirs ternis et les flammes mortes.*

« Le poème est tout entier au futur simple, et les protagonistes sont représentés uniquement par la première personne du pluriel, *nous.* » Il y a donc indistinction des amants (pas de coupure *moi/toi, il/elle, je/elle,* etc.) et aucune référence au passé ou au présent : le poème est seulement intention, projet vers l'avenir, départ sans point de départ. Une ambiguïté, particulière au futur, fait qu'il peut être interprété aussi bien comme « une assertion (affirmation que l'on présente comme vraie), une prévision ou une prédiction, un souhait, une expression de la volonté, une promesse ». « L'absence d'un destinataire explicite *(tu/vous)* fait que le poème tout entier peut aussi bien être conçu comme une promesse (« je te promets que nous aurons... »), adressée à un destinataire qui n'est pas nommé, que comme un rêve, un fantasme (peut-être l'amante incluse dans le *nous* est-elle tout à fait imaginaire). Enfin, le *nous* peut être collectif, et valoir pour tous les couples d'amants du monde. »

La mort, annoncée par le titre, n'apparaît directement nulle part dans le texte ; mais elle est partout présente, indirectement, étroitement liée à l'amour. « Au premier quatrain, les *lits* sont une métonymie, à la fois, de l'amour et de la mort (on fait l'amour/on meurt dans un lit), les *divans profonds,* métonymie plus directe de l'amour, sont comparés à des *tombeaux,* métonymie directe de la mort, les *fleurs* (dont la vie est fugace) sont métonymiques à la fois de l'amour et de la mort (on offre des fleurs à son amoureux/à un enterrement), les *étranges fleurs,* les *cieux plus beaux* évoquent, sinon l'Autre Monde, du moins un monde autre. » Les mêmes évocations indirectes de la mort et associations étroites de la mort et de l'amour apparaissent tout au long du poème : cf. *usant, dernières* (annonçant la mort) ; les *flambeaux* et les *miroirs* (évoquant aussi bien la mort que l'amour) ; *sanglots* et *adieux, un soir,* l'*Ange,* les *portes* (métaphore de la frontière avec l'au-delà ?), *ternis* — autant d'évocations indirectes de la mort ; « *un éclair* suggère aussi bien, métaphoriquement, le moment fulgurant de l'orgasme que l'instant innommable de la mort. » Le dernier mot du poème est l'adjectif *mortes :* il est à mettre en connexion avec le premier mot (le pronom *nous*), par une série de relations indirectes : *mortes* est épithète de *flammes,* qui est métaphore de *cœurs* (v. 6), employé métonymiquement pour *nous.*

La métrique manifeste une tendance à privilégier les effets de symétrie. Le poème est l'exemple relativement rare d'un sonnet en décasyllabes, dont tous les vers sont rigoureusement césurés 5/5 (au lieu des coupes usuelles 4/6 ou 6/4). Ainsi s'établit un équilibre parfait entre les deux hémistiches de chaque vers. On peut retrouver la même volonté de symétrie dans la disposition des rimes des quatrains : les rimes croisées (« irrégulières » dans le sonnet) reposent sur une alternance soulignée des rimes féminines et masculines. Les rimes croisées réapparaissent dans les tercets (v. 11-14), pour détacher le distique des v. 9-10 (moment suprême, *éclair* de l'amour et/ou de la mort).

« Les quatrains sont uniformément au pluriel » (alors que dans plusieurs cas, le singulier serait prosodiquement et sémantiquement possible). « À l'intérieur du futur, il n'y a aucune différenciation temporelle (on ne trouve aucun adverbe ou circonstanciel de temps) : les quatrains ne distinguent pas différents moments du temps. Les deux verbes principaux, *aurons* et *seront,* sont des verbes statifs (indiquant un état permanent), à contenu très général ; on ne trouve aucun verbe d'action à proprement parler. En l'absence d'actions, l'accent est mis sur les lieux *(sur, sous, dans)* et sur les rapports de « possession » (*nous aurons ; leurs* chaleurs ; *nos* cœurs ; *leurs* lumières ; *nos* esprits). Le passé et le présent gommés, le futur apparaît comme une longue période indéterminée, dont la longueur est répercutée par les pluriels, d'où tout événement possible est banni et où les amants, confondus dans l'unité du *nous,* sont laissés dans la jouissance de leurs possessions, matérielles et spirituelles. »

« En l'absence de différenciation temporelle, les quatrains présentent une différenciation spatiale : dans le premier quatrain (= Q1), *nous* est présenté en rapport de contiguïté concrète avec des objets matériels *(des lits, des divans, des fleurs),* évoquant une série indéfinie de chambres, sur un fond plus vaste et lointain *(des cieux) ;* dans Q2, des synecdoques moins matérielles de *nous (nos cœurs, nos esprits)* sont mises en rapport métaphorique avec des objets à vocation plus « spirituelle » *(flambeaux, miroirs),* eux-mêmes métonymiques des chambres ; il y a dans Q2 un rétrécissement, une concentration de l'espace, et une sorte de spiritualisation et d'intériorisation de la chambre : le seul mouvement suggéré dans les quatrains va dans le sens de la concentration, de l'intériorisation et de la sublimation de la passion. Surtout, Q2 introduit un extraordinaire jeu de dédoublement (*deux,* trois fois ; *doubles ; jumeaux*) ; mais, loin de correspondre à la division naturelle de *nous* en *je* et *tu* (ou *je* et *elle*), ce dédoublement est perpendiculaire, si on peut dire, à cette division (on a, d'un côté, *nos deux cœurs,* et, de l'autre, *nos deux esprits*) ; ce dédoublement est lui-même redoublé par les *miroirs.* Ce jeu de dédoublement a pour effet de nier plus encore, si c'est possible, la dualité réelle irréductible du *je* et du *tu,* tout en l'évoquant nécessairement. »

Le système des rimes dans Q2 présente aussi un beau jeu de dédoublement : des rimes intérieures apparaissent à la césure, rimes brisées embrassées, qui redoublent, à contre-temps, les rimes croisées de la fin de vers. Paradoxalement, ce dédoublement renforce l'unité du quatrain, puisque chaque vers, par ses deux rimes, est étroitement lié à tous les autres. Le système de rimes brisées déborde de Q2 : les mêmes rimes en /i/ et /õ/ apparaissent respectivement aux vers 1 et 14, 2 et 10 ; les rimes embrassées de Q2 sont donc comme réfléchies par les *miroirs* de Q1 et des tercets.

« Les tercets introduisent une différentiation temporelle nette, par des adverbiaux au début du premier tercet, T1, *(Un soir)* et de T2 *(Et plus tard).* Corrélativement, le singulier apparaît, et on trouve dans les tercets une répartition à peu près égale des singuliers et des pluriels. Après l' « éternité dans le futur » des quatrains, chaque tercet présente un moment du temps nettement distinct. Les verbes *(échangerons, entrouvrant, viendra ranimer)* sont cette fois nettement des verbes d'action dont les sujets sont des « agents ». Une particularité importante au vers 10 : le verbe *échanger,* qui, sémantiquement, met normalement en cause deux agents distincts, implique que le *nous* du poème se différencie en un *je* et un *tu ;* mais la distinction des deux protagonistes est refusée par la construction syntaxique : *échanger* demande un complément d'objet direct non unitaire (pour qu'il puisse y avoir échange !) ; *nous échangerons un éclair unique* présente donc une anomalie relative, renforcée par l'ambiguïté d'*unique* (un seul éclair/un éclair sans pareil) ; cet échange particulier démontre l'impossibilité de scinder l'unité du couple d'amants. « Notons le parallélisme entre le vers 10 et le vers 7 : parallélisme syntaxique, phonétique (correspondance des rimes brisées en /rõ/) et sémantique (avec des éléments de contraste : *lumières/éclair, doubles/unique, réfléchir/échanger,* verbes qui impliquent tous deux l'idée d'un va-et-vient) ; le vers 10, à la fois, prolonge le climat métaphorique et spirituel du deuxième quatrain, et y introduit une transformation radicale. »

« Les deux moments des tercets évoquent nécessairement, en l'absence de tout autre événement, les deux seuls événements dans le futur qui, si leur date est indéterminée, sont sûrs d'arriver (du moins, pour le second, dans la tradition chrétienne) : la mort, et la résurrection. Mais là où, dans le réel, une vie faite d'événements et d'actions se termine par une mort subie, non agie (sauf cas de suicide ou de sacrifice délibéré), on a ici une vie sans événements, déjà toute pénétrée de la mort, et qui ressemble à l'éternité, suivie d'une action commune, réciproque et métaphorique. »

« L'*ange* du vers 11 est le seul nom animé de tout le sonnet (en dehors de *nous*) ; mais les anges n'ont pas de sexe, et ils viennent d'un autre monde, ne sont pas humains. La présence ici de cet ange accentue l'absence, dans tout le sonnet, de toute référence aux autres hommes ("les amoureux sont seuls au monde") ; de plus (cf. *fidèle et joyeux*), elle exclut toute référence au conflit de l'amour profane et de l'amour sacré, ou de l'amour et du salut, tout en contribuant à abolir, si c'était encore nécessaire, l'opposition de l'amour sensuel et de l'amour spirituel. »

Le tableau suivant met en évidence le parallélisme des structures syntaxiques des différentes strophes :

| | sujet | objet direct (ou attribut) | complément indirect réintroduisant *nous* ou un équivalent |
|---|---|---|---|
| Q1 | *nous* | indéfinis pluriels | *pour nous* |
| Q2 | *nos deux cœurs* | indéfini pluriel | *dans nos deux esprits* |
| T1 | *nous* | indéfini singulier | néant |
| T2 | *un Ange* | définis pluriels | néant |

« L'alternance *nous* (Q1)/*nos*... (Q2)/*nous* (T1) laisse plus ou moins nettement attendre dans T2 une occurrence de *nos*... », d'autant que de Q1 à Q2 et de T1 à T2 se manifeste le même glissement d'un cadre spatial élargi à l'espace confiné de la « chambre ». Mais notre attente est déçue : « dans T2, au lieu de *nos...*, on a *les... :* le *nous* a tout à fait disparu ; il ne reste que les *miroirs* et les *flammes* qui renvoient aux *miroirs* et aux *flambeaux* de Q2, métaphores de *nos esprits* et de *nos cœurs,* eux-mêmes synecdoques "spirituelles" de nous. »

« Si les deux moments de T1 et T2 évoquent le moment de la mort et celui de la résurrection, ils n'en restent donc pas moins très ambigus. En particulier, ce qui se passe dans T2 est tout autre chose que la résurrection des corps chrétienne : *nous* a vraiment disparu ; tout ce qui en revit, sublimation ultime, c'est la métaphore d'une synecdoque. »

Curieux poème d'amour : il n'affirme l'indissolubilité du couple que pour le faire s'évanouir dans une mort sur laquelle vient anticiper le déroulement d'une vie uniforme...

L'avantage que revendique ce type d'analyse est de proposer les éléments pour un commentaire refusant le flou vaporeux, les coqs-à-l'âne, les approximations psychologiques et biographiques et tendent à l'exactitude. Faut-il, en effet, souligner que cette lecture de « La Mort des Amants » apporte plus pour une éventuelle étude de la « poétique de l'amour » selon Baudelaire que toutes les considérations biographiques sur les inspiratrices de telle ou telle « Fleur du Mal » ?

## ÉCRIRE LA POÉSIE

En démontant un poème, on apprend comment il fonctionne, mais aussi on découvre qu'on peut soi-même en faire d'autres, sur le même modèle d'abord, et peut-être sur des modèles inventés. Lire la poésie, c'est apprendre à devenir poète. *« Je n'écris jamais un poème qui ne soit la suite de réflexions portant sur chaque point de ce poème et qui ne tienne compte de tous les poèmes que j'ai précédemment lus »* (Aragon). Quand chaque lecteur de poèmes se sera convaincu qu'il peut être poète à son tour, la formule devenue rituelle de Lautréamont *(« La poésie doit être faite par tous. Non par un. »)* trouvera enfin son application.

Assez souvent, toute velléité de production de textes poétiques se trouve paralysée par une sorte de respect religieux devant « le mystère de la création littéraire ». Or dissiper ce mystère ne détruit pas le pouvoir efficace de la poésie. Élucider le fonctionnement de « La Mort des Amants » n'altère pas le charme ambigu du sonnet. Mieux même : en se familiarisant avec les secrets de fabrication de la poésie, on acquiert une plus grande sensibilité à ses pouvoirs. C'est ce que montrent les expériences d'écriture poétique, qui se sont multipliées à l'école depuis quelques années. On y pratique le jeu du *cadavre exquis,* renouvelé des surréalistes : un groupe de trois ou quatre élèves écrit collectivement une phrase, le premier se chargeant du sujet, le second du verbe, le troisième du complément d'objet, etc., chacun écrivant son morceau de phrase sans savoir ce qu'ont écrit les précédents. Le résultat : une phrase qui n'est pas soumise au devoir d'exprimer un sens préalable, mais qui montre comment le langage est producteur de sens, comment les mots « prennent sens » dès qu'on les associe en phrases. Un autre jeu propose d'inventer la suite d'un poème dont on a dicté les premiers mots : il s'agit donc de reconstituer le code qui informe ce début et de s'y conformer pour la suite. Des jeux sur le signifiant s'inspirent des recherches de Leiris, Desnos ou Prévert : invention de définitions fantaisistes associant étroitement le son et le sens des mots ; construction de poèmes où des expressions figées sont prises au pied de la lettre ; réécriture de proverbes en modifiant une lettre ou un mot ; etc. On peut concevoir de multiples variantes et formules nouvelles.

Une telle pratique, libératrice dans sa visée, récuse les conceptions mystifiantes de la création littéraire et tend à (re)donner aux utilisateurs la maîtrise de leur langage. Tout en rendant la poésie plus familière, elle en fait éprouver la vraie puissance.

## RÉFÉRENCES ET LECTURES COMPLÉMENTAIRES

Les *Questions de poétique* de Roman Jakobson rassemblent ses plus célèbres analyses de poèmes.
On trouvera de nombreux exemples d'analyses de textes poétiques dans des revues telles que *Poétique, Littérature, Langue française,* etc.

- *Sur la poésie, l'enfant et l'école :*

« L'enfant la poésie », Poésie I, n° 28-29, janv.-fév. 1973.
« Bricolage poétique », *Pratiques,* n° 39, octobre 1983.

# *Conclusion ?*

Il n'est pas de vérité définitive dans la lecture des textes poétiques. Chaque rencontre du lecteur et du poème reste une aventure improbable. Puisque la poésie, là où était la langue, fait advenir la parole, chaque poète, chaque lecteur est sommé d'inventer sa propre parole. Mais cette parole se dit ou s'écrit dans les mots mêmes de la langue. *« Lire un poème doit donc correspondre à la même opération qu'écrire ce poème. L'expliquer doit correspondre à l'explication première que le poème propose de lui-même au plan sémantique comme au plan phonétique : c'est-à-dire à en repérer et à en suivre d'abord les lignes de force avant d'en faire surgir puis d'en interroger d'une interrogation sans fin et sans cesse signifiante — comme un texte nouveau qui s'écrit chaque fois en fonction de qui le lit — les possibilités signifiantes. De sorte que c'est peut-être parce qu'on ne sait pas les lire que certains poèmes semblent "illisibles" »* (Jean-Claude Renard, *Notes sur la poésie*).

Lecture et écriture sont deux activités homologues, et peut-être divergentes. Les poètes s'étonnent des interprétations proposées parfois par leurs lecteurs (même quand ils sont fidèles aux lignes de force qui organisent le texte). Le poète Yves Bonnefoy lui-même, relisant en 1969 son recueil de 1958, *Hier régnant désert,* le découvre *« obscur »* et *« presque étranger » :* il avoue l'avoir remanié *« par effort pour le comprendre »*. Cette distance qui se creuse entre le poète et le lecteur, entre le poète et le poème, c'est ce qui définit l'espace propre du langage poétique : le lieu où peuvent se déployer les énergies latentes dans les mots, où peut se révéler qu' *« il y a toujours et partout quelque chose de plus que ce qu'il paraît y avoir »* (J.-C. Renard).

Paradoxe de la poésie. Elle n'est que dans les mots, les pauvres mots, certains *« tellement élimés, distendus, que l'on peut voir le jour à travers »* (Jean Tardieu). Elle vit pourtant dans l' « illumination » d'une présence, dans le vertige d'une disparition. Comme le phénix, toujours recommencée, elle procède de sa propre mise à mort. À moins qu'il ne faille donner raison à Denis Roche : *« La poésie est inadmissible. D'ailleurs elle n'existe pas. »*

Mais, est-ce si sûr ?

# *Bibliographie générale*

## I. LIRE LES POÈTES

Les livres de poésie ont la réputation de mal se vendre et de peu se lire. Il n'a pourtant jamais été aussi facile d'avoir accès à l'œuvre des poètes. Parmi les nombreux ouvrages qui les donnent à lire et qui visent un large public, on signalera :

— *des collections :*

La série « Poètes d'aujourd'hui » (éd. Seghers) a publié plus de 250 titres, consacrés chacun à un poète des 150 dernières années et comportant une présentation générale de l'œuvre (d'intérêt variable) et une anthologie (toujours précieuse).

La collection « Poésie » (Gallimard) a constitué en format de poche une irremplaçable bibliothèque de poésie : plus de 200 recueils intégraux de poètes français et étrangers, de toutes les époques.

Les volumes « Poésie 1 » (Saint-Germain-des-Prés, éd.) offrent sous forme de publication périodique des anthologies à regroupement thématique, historique ou géographique.

— *des revues :*

Elles sont multiples, souvent éphémères et confidentielles, volontiers luxueuses, toujours passionnées. On retiendra, pour leur souci de diffusion large, *Po&sie, Vagabondages, Action poétique* (qui développe un important travail de réflexion théorique).

— *des anthologies :*

M. ALLEM, *Anthologie poétique française, XVIe siècle,* 2 vol., Paris, Garnier-Flammarion, 1965.

M. ALLEM, *Anthologie poétique française, XVIIe siècle,* 2 vol., Paris, Garnier-Flammarion, 1965.

M. ALLEM, *Anthologie poétique française, XVIIIe siècle,* Paris, Garnier-Flammarion, 1966.

M. BAUER et P. DAKEYO, *Poésie d'un continent,* Paris, Silex, 1984 (anthologie de poésie africaine de langue française).

J.-L. BÉDOUIN, *La Poésie surréaliste,* Paris, Seghers, 1964.

R. CAILLOIS et J.-C. LAMBERT, *Trésor de la poésie universelle,* Paris, Gallimard, 1958, rééd. 1986.

M. DÉCAUDIN, *Anthologie de la poésie française du XXe siècle, de Paul Claudel à René Char,* Paris, coll. Poésie, Gallimard, 1983.

L. DECAUNES, *La Poésie romantique française,* Paris, Seghers, 1973.

L. DECAUNES, *La Poésie parnassienne,* Paris, Seghers, 1976.

H. DELUY, *L'Anthologie arbitraire d'une nouvelle poésie (1960-1982),* Paris, Flammarion, 1983.

B. DELVAILLE, *La Poésie symboliste,* Paris, Seghers, 1971.

B. DELVAILLE, *La nouvelle Poésie française,* 2 vol., Paris, Seghers, 1977.

P. ÉLUARD, *Première anthologie vivante de la poésie du passé* (XIIe-XVIIe siècle), 2 vol., Paris, Seghers, 1951.

A. GIDE, *Anthologie de la poésie française,* Paris, Bibl. de la Pléiade, Gallimard, 1949.
B. LEUILLOT, *Anthologie de la poésie française du XIXe siècle, de Chateaubriand à Baudelaire,* Paris, coll. Poésie, Gallimard, 1984.
L. MAILHOT et P. NEPVEU, *La Poésie québécoise des origines à nos jours,* Québec, Presses Universitaires, 1981.
A. MARY, *Anthologie poétique française. Moyen Âge,* 2 vol., Paris, Garnier-Flammarion, 1967.
G. POMPIDOU, *Anthologie de la poésie française,* Paris, Hachette, 1960.
M. ROMBAUT, *La Poésie africaine d'expression française,* Paris, Seghers, 1976.
J. ROUSSET, *Anthologie de la poésie baroque française,* 2 vol., Paris, A. Colin, 1961.
R. SABATIER, *Histoire de la poésie française,* 8 vol., Paris, A. Michel, 1975-1982.
P. SEGHERS, *Le Livre d'or de la poésie française,* 3 vol., Verviers, Marabout, 1961-1969.
L. S. SENGHOR, *Anthologie de la nouvelle poésie nègre et malgache de langue française,* Paris, P.U.F., 1948, rééd. coll. Quadrige.
P. ZUMTHOR, *Anthologie des grands rhétoriqueurs,* Paris, 10/18, 1978.

## II. LA RÉFLEXION DES POÈTES

Des interrogations des poètes eux-mêmes naissent les plus pertinentes des réflexions sur la poésie. Une anthologie commode, malheureusement devenue peu accessible et non encore remplacée, regroupe des textes sur la création poétique, par des auteurs de tous les temps et de tous les pays : J. CHARPIER et P. SEGHERS, *L'Art poétique,* Paris, Seghers, 1956.

On trouvera les « arts poétiques » des poètes classiques dans les éditions de leurs œuvres complètes; on signalera particulièrement la critique littéraire de Baudelaire, ses *Notes sur Edgar Poe,* les œuvres en prose de Mallarmé, la correspondance de Rimbaud, les préfaces des recueils poétiques de V. Hugo...

Parmi les poètes du XXe siècle, on pourra lire plus spécialement :

L. ARAGON, *Le Fou d'Elsa,* Paris, Gallimard, 1963. (On consultera avec profit les nombreuses préfaces qu'Aragon a données à ses recueils poétiques).
Y. BONNEFOY, *Entretiens sur la poésie,* Paris, Payot, 1981.
R. CHAR, *Recherche de la base et du sommet,* Paris, Gallimard, 1965.
P. CLAUDEL, *Positions et propositions,* Paris, Gallimard, 1928-1934.
P. CLAUDEL, *Réflexions sur la poésie,* Paris, Gallimard, rééd. coll. Idées, 1963.
J. COCTEAU, *Le Secret professionnel,* Paris, Stock, 1922.
M. DEGUY, *Actes,* Paris, Gallimard, 1966.
P. ÉLUARD, *Donner à voir,* Paris, Gallimard, 1939.
P. ÉLUARD, *Les Sentiers et les Routes de la poésie,* Paris, Gallimard, 1954.

E. GLISSANT, *L'Intention poétique,* Paris, Seuil, 1966.
GUILLEVIC, *Vivre en poésie,* Paris, Stock, 1980.
Ph. JACCOTTET, *L'Entretien des muses,* Paris, Gallimard, 1968.
O. PAZ, *L'Arc et la Lyre,* Paris, Gallimard, 1965.
F. PONGE, *Méthodes (Le Grand Recueil, tome II),* Paris, Gallimard, 1962.
F. PONGE, *La Fabrique du pré,* Genève, Skira, 1971.
E. POUND, *ABC de la lecture,* Paris, Gallimard, 1966, rééd. coll. Idées.
J.-C. RENARD, *Notes sur la poésie,* Paris, Seuil, 1970.
P. REVERDY, *Le Gant de crin,* Paris, Plon, 1927.
R.-M. RILKE, *Lettres à un jeune poète,* dans *Œuvres. Prose,* Paris, Seuil, 1966.
J. TARDIEU, *Formeries,* Paris, Gallimard, 1976.
P. VALÉRY, *Variété,* 5 vol., Paris, Gallimard, 1924-1944.
P. VALÉRY, *Tel quel,* Paris, Gallimard, 1941-1943.
P. VALÉRY, *Cahiers,* 2 vol., Bibl. de la Pléiade, Paris, Gallimard, 1973-1974.

## III. ESSAIS GÉNÉRAUX

R. BARTHES, *Le Degré zéro de l'écriture,* Paris, Seuil, 1953, rééd. coll. Points.
Y. BELAVAL, *La Recherche de la poésie,* Paris, Gallimard, 1947.
A. BOSQUET, *Verbe et vertige. Situations de la poésie,* Paris, Hachette, 1961.
R. CAILLOIS, *Approches de la poésie,* Paris, Gallimard, 1978.
M. DUFRENNE, *Le Poétique,* Paris, P.U.F., 1963.
J.-M. GLEIZE, *Poésie et figuration,* Paris, Seuil, 1983.
J. GARELLI, *La Gravitation poétique,* Paris, Mercure de France, 1966.
J. KRISTEVA, *La Révolution du langage poétique,* Paris, Seuil, 1974.
H. MESCHONNIC, *Pour la poétique I, II, III,* 3 vol., Paris, Gallimard, 1970-1973.
H. MESCHONNIC, *Critique du rythme,* Paris, Verdier, 1982.
J. MONNEROT, *La Poésie moderne et le sacré,* Paris, Gallimard, 1945.
J. PAULHAN, *Clefs pour la poésie,* Paris, Gallimard, 1944.
A.-M. PELLETIER, *Fonctions poétiques,* Paris, Klincksieck, 1977.
M. RIFFATERRE, *La Production du texte,* Paris, Seuil, 1979.
M. RIFFATERRE, *Sémiotique de la poésie,* Paris, Seuil, 1983.
T. TODOROV *et alii, Sémantique de la poésie,* Paris, Seuil, coll. Points, 1979.

## IV. OUVRAGES D'INITIATION

De visée plus directement pédagogique, un certain nombre d'ouvrages se proposent de présenter les méthodes modernes d'analyse des textes poétiques. On recommandera plus particulièrement :

J.-M. ADAM, *Pour lire le poème,* Bruxelles-Paris-Gembloux, De Boeck-Duculot, 1985.

J.-B. Balpe, *Lire la poésie,* Paris, A. Colin-Bourrelier, 1980.
D. Delas, *Poétique/Pratique,* Paris, CEDIC, 1977.
D. Delas et J. Filliolet, *Linguistique et poétique,* Paris, Larousse, 1973.
J. Tamine et J. Molino, *Introduction à l'analyse linguistique de la poésie,* Paris, P.U.F., 1982, rééd. 1987.

# *Index des noms*

# *Index des notions*

*Table*

# *Table des encadrés*

Armand Colin Éditeur
103, boulevard Saint-Michel
75240 Paris Cedex 05
N° d'éditeur : 10814
Dépôt légal : novembre 1994

SNEL S.A.
Rue Saint-Vincent 12 – 4020 Liège
octobre 1994